某个不曾遭
岁月蚀掉的画面

张晓风／著

南方出版传媒
花城出版社
中国·广州

图书在版编目（CIP）数据

某个不曾遭岁月蚀掉的画面 / 张晓风著. -- 广州 : 花城出版社, 2015.8
（张晓风温暖三部曲）
ISBN 978-7-5360-7622-8

Ⅰ. ①某… Ⅱ. ①张… Ⅲ. ①散文集－中国－当代 Ⅳ. ①I267

中国版本图书馆CIP数据核字(2015)第176399号

出 版 人：詹秀敏
策划编辑：詹秀敏
责任编辑：陈宾杰　李　谓　杨淳子
技术编辑：薛伟民　凌春梅
封面绘图：Starry 阿星
封面设计：厶介设计 | SIJIE DESIGN

书　　名	某个不曾遭岁月蚀掉的画面 MOU GE BU CENG ZAO SUIYUE SHI DIAO DE HUAMIAN
出版发行	花城出版社 （广州市环市东路水荫路 11 号）
经　　销	全国新华书店
印　　刷	广东新华印刷有限公司 （广东省佛山市南海区盐步河东中心路 23 号）
开　　本	880 毫米×1230 毫米　32 开
印　　张	9.375　1 插页
字　　数	174,000 字
版　　次	2015 年 8 月第 1 版　2015 年 8 月第 1 次印刷
定　　价	36.00 元

如发现印装质量问题，请直接与印刷厂联系调换。
购书热线：020－37604658　37602954
花城出版社网站：http://www.fcph.com.cn

序 馥郁

一

我们在街上走，我，和陈妈妈。

这是个小城，因为新兴的小商场而有几分热闹和喜气。这小城名叫义乌，位于浙江。陈妈妈其实是我母亲的朋友，但这次，母亲因身体不好，扭了腰，临时由我丈夫陪同回台湾去了，于是陈妈妈热心要陪我完成义乌之行，陈妈妈其实人住南京。

“晓风呀，你知道吗？就是在这里，有了你这个人的呀！”

“不是的，陈妈妈，”我分辩，“你记错了，我是在金华出生的。”

“我不是讲出生，我是说，你是在这里怀上的。”

我一时惊愕，呀，原来我有生之初，竟是在这个小城啊！跟老人聊天真好，他们一开口就是故事。

陈妈妈是陈颐鼎将军的夫人，而父亲是陈将军的下属，却也是很相投的朋友。

陈妈妈的话让我敬畏不敢吐一词。啊！义乌，义乌，在我无知无识尚为胎苗的当年，我也曾转借母亲的血脉饮你的井水，吃你的米粮，呼吸你的清风，感知战争中的人与人的相恤相存。

一路想下去，在炸弹如天雨的浇灌下，我一面流浪，一面长大，一路走过的城市是：金华、建阳、重庆、南京、柳州、广州。八岁那年我和中土道别，漂洋过海赴台湾，行前最后一站，便是广州。

生死契阔，等我再一次回神定睁看广州，已是四十年后的事了。啊，小小的我，当年，曾走过多么长的路啊！

二

一九四九年，父亲在战场上，打一场或胜或败，都是悲剧的战争。而母亲和我们五个小孩在广州等船。租了间房子，在中山大学对面的巷子里，是一栋楼房的底层，我们很兴奋，因为童蒙和无知——其实，那时候，每一天，每一时，我们都可能成为无父的孤儿。

战局无妨于广州中山公园里胭红的木棉朵朵飘坠，八岁的我忙忙碌碌地去接捧，而蓝天，在其上悠悠然地俯察人世。

新剥出来的芒果是多么香多么甜啊，这奇特的馥郁，我以前都没尝过。我那时不懂，这块地面，跟我以前住过的地方是不同的，这里是南方，南方，在诗中也叫“炎方”，是丰饶和美好的同义词，是阳光特别慈仁垂顾的“特区”。

客中岁月，说不尽的好，黄花岗上有充满启示的故事，爱群酒家有江景可看，有美食可吃。满街走着穿着黑色衣服的人，他们说，那料子叫“香云纱”。我们有亲戚，也在等船，他们住的地方叫“沙河”，我也去他们家住了一个礼拜，我一直好奇，好吃的沙河粉，是不是就是在沙河做出来的呀?

有一次，我自己一人上街，在马路边看到一间“桂林米粉”店，门口贴着价目，摸摸口袋里的钱刚好够吃一碗，于是，大着胆子走进去，他们也把我当小客人好好招呼。米粉端来，真是好味道，我觉得比家里的食物好吃多了！那应该是我第一次小小的叛离和出走——在食物方面。

三

一九八九年开放返乡以后，我走过广东许多城市，从广州、深圳，到韶关，加上顺德、东莞、佛山、三水、惠州、开平……计划中还想去中山、肇庆、潮州、梅州……

我对广东和广东人好奇，这个负山面海，而海岸线又最最绵长的地方。这既向全世界开放的、也无私地收容了我这小小孩童的逃劫生涯的古穗城。

很高兴可以在这城市中的花城出版社出书，这城于我曾是快乐的充满馥郁果香的“讶异之城”，而今，六十多年后，仍是。不同的是，我也想提供一份书的馥郁，持赠回报给这城。

是为序。

張曉風

二〇一五年七月三十一日

某个不曾
遭岁月蚀
掉的画面

目　录

Contents

第一辑

步下红毯之后

第二辑

一个女人的爱情观

第三辑

秋千上的女子

第四辑

母亲的羽衣

第五辑

某个不曾遭岁月蚀掉的画面

第一辑

步下红毯之后

我接过它，心里垂着沉甸甸的喜悦。你站在我面前，高昂而谦和、刚毅而温柔。我忽然发现，我关心你的成功，远远超过我自己的。

地毯的那一端

德：

从疾风中走回来，觉得自己像是被浮起来了。山上的草香得那样浓，让我想到，要不是有这样猛烈的风，恐怕空气都会给香得凝冻起来！

我昂首而行，黑暗中没有人能看见我的笑容。白色的芦荻在夜色中点染着凉意——这是深秋了，我们的日子在不知不觉中临近了。我遂觉得，我的心像一张新帆，其中每一个角落都被大风吹得那样饱满。

星斗清而亮，每一颗都低低地俯下头来。溪水流着，把灯影和星光都流乱了。我忽然感到一种幸福，那样混沌而又陶然的幸福。我从来没有这样亲切地感受到造物的宠爱——真的，我们这样平庸，我总觉得幸福应该给予比我们更好的人。

但这是真实的，第一张贺卡已经放在我的案上了。洒满了细碎精致的透明照片，灯光下展示着一个闪烁而又真实的梦境。画上的金钟摇荡，遥遥地传来美丽的回响。我仿佛能听见那悠扬的音韵，我仿佛能嗅到那沁人的玫瑰花香！而尤其让我神往的，是那几行可爱的祝词："愿婚礼的记忆存至永远，愿你们的情爱与日俱增。"

是的，德，永远在增进，永远在更新，永远没有一个边和底——六年了，我们护守着这份情谊，使它依然焕发，依然鲜洁，正如别人所说的，我们是何等幸运。每次回顾我们的交往，我就仿佛走进博物馆的长廊。其间每一处景物都意味着一段美丽的回忆。每一件东西都牵扯着一个动人的故事。

那样久远的事了。刚认识你的那年才十七岁，一个多么容易错误的年纪！但是，我知道，我没有错。我生命中再没有一件决定比这项更正确了。前天，大伙儿一起吃饭，你笑着说："我这个笨人，我这辈子只做了一件聪明的事。"你没有再说下去，妹妹却拍手起来，说："我知道了！"啊，德，我能够快乐地说，我也知道。因为你做的那件聪明事，我也做了。

那时候，大学生活刚刚展开在我面前。台北的寒风让我每日思念南部的家。在那小小的阁楼里，我呵着手写蜡纸。在草木摇落的道路上，我独自骑车去上学。生活是那样黯淡，心情是那样沉重。在我的日记上有这样一句话：“我担心，我会冻死在这小楼上。”而这时候，你来了。你那种毫无期冀的友谊四面环护着我，让我的心触及最温柔的阳光。

我没有兄长，从小我也没有和男孩子同学过。但和你交往却是那样自然，和你谈话又是那样舒服。有时候，我想，如果我是男孩子多么好呢！我们可以一起去爬山，去泛舟。让小船在湖里任意漂荡，任意停泊，没有人会感到惊奇。好几年以后，我将这些想法告诉你，你微笑地注视着我：“那，我可不愿意，如果你真想做男孩子，我就做女孩。”而今，德，我没有变成男孩子，但我们可以去遨游，去做山和湖的梦。因为，我们将有更亲密的关系了。啊，想象中终生相爱相随该是多么美好！

那时候，我们穿着学校规定的卡其服。我新烫的头发又总是被风刮得乱蓬蓬的。想起来，我总不明白你为什么那样喜欢接近我。那年大考的时候，我蜷曲在沙发里念书。你跑来，热心地为我讲解英文文法。好心的房东为我们送来一盘春卷，我慌乱极了，竟吃得撒了一裙子。你瞅着我说：“你真像我妹妹，她和你一样大。”我窘得不知如何是好，只是一径低着头，假作抖那长长的裙幅。

那些日子真是冷极了。每逢没有课的下午我总是留在小楼上，弹弹风琴，把一本拜尔琴谱都快翻烂了。有一天你对我说：“我常在楼下听你弹琴。你好像常弹那首《甜蜜的家庭》。怎么？在想家吗？”我很感激你的窃听，唯有你了解、关切我凄楚的心情。德，那个时候，当你独自听着的时候，你想些什么呢？你想到有一天我们会组织一个家庭吗？你想到我们要用一生的时间以心灵的手指合奏这首歌吗？

寒假过后，你把那沓泰戈尔诗集还给我。你指着其中一行请我看：“如果你不能爱我，就请原谅我的痛苦吧！”我于是知道发生什么事了。我不希望这件事发生，我真的不希望。并非由于我厌恶你，而是因为我太珍重这份素净的友谊，反倒不希望有爱情去加深它的色彩。

但我却乐于和你继续交往。你总是给我一种安全稳妥的感觉。从头起，我就付给你我全部的信任。只是，当时我心中总向往着那种传奇式的、惊心动魄的恋爱。并且喜欢那么一点点的悲剧气氛。为着这些可笑的理由，我耽延着没有接受你的奉献。我奇怪你为什么仍作那样固执地等待。

你那些小小的关怀常令我感动。那年圣诞节你把得来不易的几颗巧克力糖，全部拿来给我了。我爱吃笋豆里的笋子，唯有你注意到，并且耐心地为我挑出来。我常常不晓得照料自己，唯有你想到用自己的外衣披在我身上。（我至今不能忘记那衣服的温暖，它在我心中象征了许多意义。）是你，敦促我读书。是你，容忍我偶发的气性。是你，仔细纠正我写作的错误。是你，教导我为人的道理。如果说，我像你的妹妹，那是因为你太像我大哥的缘故。

后来，我们一起得到学校的工读金。分配给我们的是打扫教室的工作。每次你总强迫我放下扫帚，我便只好遥遥地站在教室的末端，看你奋力工作。在炎热的夏季里，你的汗水滴落在地上。我无言地站着，等你扫好了，我就去挥挥桌椅，并且帮你把它们排齐。每次，当我们目光偶然相遇的时候，总感到那样兴奋。我们是这样地彼此了解，我们合作的时候总是那样完美。我注意到你手上的硬茧，它们把那虚幻的字眼十分具体地说明了。我们就在那飞扬的尘影中完成了大学课程——我们的经济从来没有富裕过；我们的日子却从来没有贫乏过。我们活在梦里，活在诗里，活在无穷无尽的彩色希望里。记得有一次我提到玛格丽特公主在她婚礼中说的一句话："世界上从来没有两个人像我们这样快乐过。"你毫不在意地说："那是因为他们不认识我们的缘故。"我喜欢你的自豪，因为我也如此自豪着。

我们终于毕业了，你在掌声中走到台上，代表全系领取毕业证书。我的掌声也夹在众人之中，但我知道你听到了。在那美好的六月清晨，我的眼中噙着欣喜的泪。我感到那样骄傲，我第一次分沾你的成功，你的光荣。

"我在台上偷眼看你，"你把系着彩带的文凭交给我，"要不是中国风俗如此，我一走下台来就要把它送到你面前去的。"

我接过它，心里垂着沉甸甸的喜悦。你站在我面前，高昂而谦和、刚毅而温柔。我忽然发现，我关心你的成功，远远超过我自己的。

那一年，你在军中。在那样忙碌的生活中，在那样辛苦的演习里，你却那样努力地准备研究所的考试。我知道，你是为谁而做的。在凄长的分别岁月里，我开始了解，存在于我们中间的是怎样一种感情。你来看我，把南部的冬阳全带来了。那厚呢的陆战队军服重新唤起我童年时期对于号角和战马的梦。我一直没有告诉你，当时你临别敬礼的镜头烙在我心上有多深。

我帮着你搜集资料，把抄来的范文一篇篇断句、注释。我那样竭力地做，怀着无上的骄傲。这件事对我而言有太大的意义。这是第一次，我和你共赴一件事。所以当你把录取通知转寄给我的时候，我竟忍不住哭了。德，没有人经历过我们的奋斗，没有人像我们这样相期相勉，没有人多年来在冬夜图书馆的寒灯下彼此伴读。因此，也就没有人了解成功带给我们的兴奋。

我们又可以见面了，能见到真真实实的你是多么幸福。我们又可以去做长长的散步，又可以蹲在旧书摊上享受一个闲散黄昏。我永不能忘记那次去泛舟。回程的时候，忽然起了大风。小船在湖里直打转，你奋力摇橹，累得一身都汗湿了。

“我们的道路也许就是这样吧！”我望着平静而险恶的湖面说，“也许我使你的负担更重了。”

“我不在意，我高兴去搏斗！”你说得那样急切，使我不敢正视你的目光，“只要你肯在我的船上，晓风，你是我最甜蜜的负荷。”

那天我们的船顺利地拢了岸。德，我忘了告诉你，我愿意留在你的船上，我乐于把舵手的位置给你。没有人能给我像你给我的安全感。

只是，人海茫茫，哪里是我们共济的小舟呢？这两年来，为着成家的计划，我们劳累到几乎虐待自己的地步。每次，你快乐的笑容总鼓励着我。

那天晚上你送我回宿舍，当我们迈上那斜斜的山坡，你忽然驻足说："我在地毯的那一端等你！我等着你，晓风，直到你对我完全满意。"

我抬起头来，长长的道路伸延着，如同圣坛前柔软的红毯。我迟疑了一下，便踏向前去。

现在回想起来，已不记得当时是否是个月夜了，只觉得你诚挚的言词闪烁着。在我心中亮起一天星月的清辉。

"就快了！"那以后你常乐观地对我说，"我们马上就可以有一个小小的家。你是那屋子的主人，你喜欢吧？"

我喜欢的，德，我喜欢一间小小的陋屋。到天黑时分我便去拉上长长的落地窗帘，捻亮柔和的灯光，一同享受简单的晚餐。但是，哪里是我们的家呢？哪儿是我们自己的宅院呢？

你借来一辆半旧的脚踏车，四处去打听出租的房子，每次你疲惫不堪地回来，我就感到一种痛楚。

"没有合意的，"你失望地说，"而且太贵，明天我再去看。"

我没有想到有那么多困难，我从不知道成家有那么多琐碎的事，但至终我们总算找到一栋小小的屋子了。有着窄窄的前庭，以及矮矮的榕树。朋友笑它小得像个巢，但我已经十分满意了。无论如何，我们有了可以憩息的地方。当你把钥匙交给我的时候，那重量使我的手臂几乎为之下沉。它让我想起一首可爱的英文诗："我是一个持家者吗？哦，是的。但不止，我还得持护着一颗心。"我知道，你交给我的钥匙也不止此数。你心灵中的每一个空间我都持有一枚钥匙，我都有权径行出入。

亚寄来一卷录音带，隔着半个地球，他的祝福依然厚厚地绕着我。那么多好心的朋友来帮我们整理。擦窗子的，补纸门的，扫地的，挂画儿的，插花瓶的，拥拥熙熙地挤满了一屋子。我老觉得我们的小屋快要炸了，快要被澎湃的爱情和友谊撑破了。你觉得吗？他们全都兴奋着，我怎能不兴奋呢？我们将有一个出色的婚礼，一定的。

这些日子我总是累着。去试礼服，去订鲜花，去买首饰，去选窗帘的颜色。我的心像一座喷泉，在阳光下涌溢着七彩的水珠儿。各种奇特复杂的情绪使我眩晕。有时候我也分不清自己是在快乐还是在茫然，是在忧愁还是在兴奋。我眷恋着旧日的生活，它们是那样可爱。我将不再住在宿舍里，享受阳台上的落日。我将不再偎在母亲的身旁，听她长夜话家常。而前面的日子又是怎样的呢？德，我忽然觉得自己好像要被送到另一个境域里去了。那里的道路是我未走过的，那里的生活是我过不惯的，我怎能不惴惴然呢？如果说有什么可以安慰我的，那就是：我知道你必定和我一同前去。

冬天就来了，我们的婚礼在即。我喜欢选择这季节，好和你厮守一个长长的严冬。我们屋角里不是放着一个小火炉吗？当寒流来时，我愿其中常闪耀着炭火的红光。我喜欢我们的日子从黯淡凛冽的季节开始，这样，明年的春花才对我们具有更美的意义。

我即将走入礼堂，德，当结婚进行曲奏响的时候，父亲将挽着我，送我走到坛前，我的步履将凌过如梦如幻的花香。那时，你将以怎样的微笑迎接我呢。

我们已有过长长的等待，现在只剩下最后的一段了。等待是美的，正如奋斗是美的一样，而今，铺满花瓣的红毯伸向两端，美丽的希冀盘旋而飞舞。我将去即你，和你同云采撷无穷的幸福。当金钟轻摇，蜡炬燃起，我乐于走过众人去立下永恒的誓愿。因为，哦，德，因为我知道，是谁，在地毯的那一端等我。

肉体有千万种受难的形态

我因事去找一位医生，那天我自己并不看病，便坐在诊疗室里等他看完最后几个病人。进来一个六十岁左右的妇人。

“哪里不舒服？”医生不怒自威。

妇人蹙着眉，诉起苦来：

“早上起来，这膀子呀，说不出的不舒服——”

医生捏捏她的肩臂。

“痛不痛？”

“不痛。”

“酸不酸？”

“不酸。”

“又不痛，又不酸——那你来看什么？”

“我——”妇人一时语塞。

我听得发急。这医生并不是坏人，但他的词汇怎么就这么贫乏呢？难道人的身体不会发生酸痛以外的不舒服吗？

我忍不住插嘴：

“是不是，僵——？”

妇人高兴起来：

“啊，对，就是‘僵’！早上起来，整个膀子都‘僵’！”

医生低头去画了些字，大概在开药吧？我不好意思再多说什么，我当时心中其实很想多叮咛他几句，我想说：

“医生啊！你知道你在干什么吗？你在‘医’人啊！

“而‘人’又是个多么复杂精致的生物，这种生物不是每一个都能把自己整顿出条理来的，不是每一个都能把自己分析得头头是道的。他们是迷乱的，颠倒的，词不达意的，他们并不确实知道自己在干些什么。他们到医院来，他们是前来求救的，然而他们说不清楚——生命里巨大的事物谁又说得清楚？

“在这一桩桩病情申诉里面，充满肉体无辜的冤情，医生有时也是法官吧？某妻子的肺癌是一部她丈夫的抽烟史；某老父的十二指肠溃疡是缘于独子的一场车祸。他们来看病，其实也是来看他们生命里的悲情，诊疗室有如神父据守的神龛，可以听尽天下苍生的谶词和申诉。

“因此，医生啊！能否让自己的语言再精致一点，再丰富一点，再准确一点，再推敲仔细一点——要知道，你和病人共同形容的，是一具活生生的生命啊！”

在既不酸，又不痛之外，医生啊！肉体还有千万种受难的形态都等待申诉呢！

关于拥抱

“关于拥抱，你有什么可以告诉我们的吗？”

电话是杂志社的女孩子打来的，声音娇滴滴，她说要采访我，希望我为她说几分钟话，她说，照录下来，就是文章了。

可是，关于拥抱，难道我就能像背书一样在电话里背给她听吗？此时，此地，按钮，说话，五分钟，限题，由别人记录，稿费，当然也算她的。世上哪有这种霸权？

而且，她问我的问题是如此深沉隐秘，怎能在电话上做“按钮就开腔”的机械反应？

“对不起，我没有办法跟你在电话里说。”

“随便谈一谈嘛！”

“对不起，我也没有办法随便谈一谈。”

挂上电话，一方面是轻微的被打扰的不快，一方面也是自庆，庆幸自己逃出来了。报章杂志近年来流行“企划作业”，喜欢把写作者纳入编辑的“主题构想”。作者于是身不由己，只好跟着编辑的调子起舞。我此番逃了出来，真是大幸。

关于拥抱，我其实很想说几句话，但我只想等我自己兴起时才起舞。

有天下午，我去看画展，画家因自小脑性麻痹，不能说话。

我在会场走了两圈，欣赏她明艳挥洒如南方阳光的色彩，以及泼墨般挥纵自如的笔力。这个女子，自出生，便与自己的肢体相搏，她五官曲扭，不能说话，靠“画字”和人沟通，却也居然在美国念到研究所。她画展前托人跟我说，她读过我的书，想见我，可不可以请我去赴她的画展。

我走到她面前，撕了一张纸，写了一行字，告诉她我喜欢她的画。

她立刻跳起来，扑在我身上，将我拥住。

和人做“礼貌式的拥抱”或“热情的拥抱”，两种经验我都不陌生。但此刻被人一下死命抱住的经验却让我大吃一惊——但一切发生得又那么自然，她拿捏不稳自己的肌肉，她无法轻轻拥住我，她像溺水之人抱住浮木似的，抱住我不放，那其间有绝对的信任和友爱。

接下来，我们又在纸上交谈了一会。她的字就书法言可算极丑，东支西离，有如鬼画符，但她的眼神清纯旺炽，使她写给我的字，字字读来如纯钢如精金。

我走出画廊，在南海路上痴立。

这样不服输于命运的女子，这样快乐自适的画家，这样猛烈强悍的拥抱……我一时还不能调适过来。沿着茄冬树，我慢慢地走，一面努力用缓缓的速度，将她刚才拥抱我的那份离奇的大力道，紧紧拥入我的记忆。

别人的同学会

出门的时候，她蔫蔫的，一副意兴阑珊的样子。

多年夫妻了，装高兴的那种把戏看来也大可不必了。装假，实在是很累人的事，更何况，装得不好是会给人拆穿的，反而没趣。

他应该也看出来了，但大概由于理亏，也就不好意思说什么。两人叫了计程车，便往豪华饭店驰去。她本来就讨厌吃“泼费”（“尽量吃饱”的意思），何况又是去跟丈夫的同学吃。

世上无聊的事很多，陪配偶的老同学吃饭大概也算是一桩吧？今天的晚宴，她想象起来，也不觉得会有什么乐趣。所谓“老友”，本来天经地义，就该有点排外。老友聊天如果不能令别人目瞪口呆，片言只语也插不进，那也不叫“老友”了。

这种场合，她知道，做妻子的去了，实在了无生趣。但不去，又显得做丈夫的没面子，连个老婆也搬不动，只好勉勉强强无精打采地去走一遭。等一下，等到达饭店，她会把笑容拿出来挂上脸去，她会把自己装作“鸽派人士”。但现在，她想要休息一下，她把自己缩成一条还没有吹胀的气球，萎绉且扭曲，窝在座椅上。

坐上桌以后，果不出所料，几个男人开始大谈想当年，女人则静静地听，静静地吃，完全插不上嘴。同学会这种地方是不该带配偶的，太不人道了，她想，各人跑各人自己的同学会才对。好在几个太太都是质朴的人，大家低头吃东西，倒也相安。曾经碰到某些太太没话找话说，那才叫累人。

忽然，话锋一转，他们谈到了作弊。而且，他们一致把眼睛望向她的丈夫。

“哎呀，真的，我们班上唯一考试不作弊的人，就是你呀！”

“对呀，就是你，只有你一个！”

她吃了一惊，原来他是唯一的一个！她自己考试不作弊，总以为天下人都该不作弊，没料到丈夫当年竟是唯一的一个。

“那你呢？你也作弊啦！”有个太太多此一举地瞪眼问自己的丈夫。

“我不作我就毕不了业了！”那丈夫理直气壮地回答。

她默默地吃着，什么话也没讲。心里却对自己说，啊，想来那男孩当年也蛮可爱的，虽然现在的他已是“忠厚”人士，虽然他坐在自己身边竭力不为那份诚实而自得自豪。他的确是个诚实的君子，相处三十多年后，她倒也能为这句话盖上印章，打上包票。

“有时去参加别人的同学会倒也不完全是无聊的事。”

回家的路上，挽着丈夫的手，她想。

我会念咒

一

我会念咒，只会一句。

我原来也不知道，是偶然间发现的。一向，咒语都是由谁来念诵呢？故事里是由巫婆或道士来念，他们有时是天生就会，有时是跟人学来的，咒语多半烦难冗长，令人望而生畏。

我会咒语而竟不自知，想来是自己天生会的。

我会的那句咒语很简单，总共只有四个字，连小孩都能立刻学会，那四个字是：“我好快乐！”

如果翻成英文，也是四个字：“I am so happy！”

二

这样的咒语虽不能让撒出手的豆子变成兵，让纸剪的马儿真的可骑可乘可供驱驰，让钵子里的钱永远掏用不完，或让别人水果摊上的水梨都到我的树枝上来供我之用。

可是，它却有茅山道士的大法力，它可以助我穿墙。什么墙？砖墙？水泥墙？铜墙？铁壁？都不是，而是悲伤之墙，是倦怠之墙，是愤懑怨怒之墙，是遭到割伤烫伤斫伤泼伤之际的自伤之墙，是心灰意冷情催泪尽的沮丧之墙，是自认为我已心竭力怯万劫不复的绝望之墙……

三

大约是两年前吧？有一天，奔波了一整天，到黄昏时才回家，把车在巷子里停好，车窗尚未关上，我不自觉地大叹了一声："啊！我好快乐！"

当时车停在公园旁，隔着矮矮的灌木丛，有一个背对我垂头而坐的男人听到我说话，他猛地坐直身子回望我一眼，我这才发现半公尺之外有人听到我最幽微的内心语言。那一眼令我难忘，隔着打开的车窗，我看到那其中有惊吓，在这都市里怎会有一个女人在做如此诡异的宣告？也许也有愤怒，世道如今都成了什么样子了，你还有本事快乐！也许有不可置信，什么？快乐这种东西还存在着吗？也许是悲悯，这女子难道疯了吗？

我当时有点惭愧，然后，我发觉，我爱念这句咒语已经很久了，平常没有人听见，我也不自觉，今天被人发现又被人回头看了一眼，才觉得这句话真有点怪异。

那老男人站起来，在暮色中踽踽离去了。他是被吓到的吗？

四

其实，我很想追上那人，对他说：

老先生，你刚才听到我说的那句话，既是真的，也是掰的。我其实大病初愈，身心俱疲。我其实忧时忧世不认为这粒地球有什么光明的前途。我事实上一想及那些优美深沉馥郁绵恒的传统正遭人像处理病死猪一般泼毒且掩埋，就恨不得放声恸哭，与人一诀……但此刻，我奔波了一天，不管我所恳求的，所呼吁的，所叮嘱的，所反复申诉的被接受了或被拒绝了，上帝啊，毕竟我已尽力了。天黑了，我回家了，我如此渺小，赐我今夕热食热汤，赐我清爽的沐浴，赐我一枕酣睡。

为此，我好快乐。

能尽心竭力，我好快乐。

能为心爱的道统传承来辛苦或受辱，这并不是每一个人可享有的权利，所以，我好快乐。

如果我悲苦，那也是上天看得起我，容许我忍此悲辛荼苦，我为配忍此苦楚而要说一句：

我好快乐。

我好快乐，因为我能说“我好快乐”，这是我的快乐咒，其言有大法力，助我穿墙直行，披靡天涯，虽然也许早已撞得鼻青脸肿，而不自知。

爱情篇

一　两岸

我们总是聚少离多，如两岸。

如两岸——只因我们之间恒流着一条莽莽苍苍的河。我们太爱那条河，太爱太爱，以致竟然把自己站成了岸。

站成了岸，我爱，没有人勉强我们，我们自己把自己站成了岸。

春天的时候，我爱，杨柳将此岸绿遍，漂亮的绿绦子潜身于同色调的绿波里，缓缓地向彼岸游去。河中有萍，河中有藻，河中有云影天光，仍是《国风·关雎》的河啊，而我，一径向你泅去。

我向你泅去，我正遇见你向我泅来——以同样柔和的柳条。

我们在河心相遇，我们的千丝万绪秘密地牵起手来，在河底。

只因为这世上有河，因此就必须有两岸，以及两岸的绿杨堤。我不知我们为什么只因坚持要一条河，而竟把自己矗立成两岸，岁岁年年相向而绿，任地老天荒，我们合力撑住一条河，死命地呵护那千里烟波。

两岸总是有相同的风，相同的雨，相同的水位。炸酱草匀分给两岸相等的红，鸟翼点给两岸同样的白，而秋来蒹葭露冷，给我们以相似的苍凉。

蓦然发现，原来我们同属一块大地。

纵然被河道凿开，对峙，却不曾分离。

年年春来时，在温柔得令人心疼的三月，我们忍不住伸出手臂，在河底秘密地挽起。

二　定义及命运

年轻的时候，怎么会那么傻呢？

对“人”的定义，对“爱”的定义，对“生活”的定义，对莫名其妙的刚听到的一个“哲学名词”的定义……

那时候，老是郑重其事地把左掌右掌看了又看，或者，从一条曲曲折折的感情线，估计着感情的河道是否决堤。有时，又正经地把一张脸交给一个人，从鼻山眼水中，去窥探一生的风光。

奇怪，年轻的时候，怎么什么都想知道？定义，以及命运。年轻的时候，怎么就没有想到过，人原来也可以有权不知不识而大剌剌地活下去。

忽然有一天，我们就长大了，因为爱。

去知道明天的风雨已经不重要了，执手处张发可以为风帜，高歌时，何妨倾山雨入盏，风雨于是不重要了，重要的是找一方共同承风挡雨的肩。

忽然有一天，我们把所背的定义全忘了，我们遗失了登山指南，我们甚至忘了自己，忘了那一切，只因我们已登山，并且结庐于一弯溪谷。千泉引来千月，万窍邀来万风，无边的庄严中，我们也自庄严起来。

而长年的携手，我们已彼此把掌纹叠印在对方的掌纹上，我们的眉因为同蹙同展而衔接为同一个名字的山脉，我们的眼因为相同的视线而映出为连波一片，怎样的看相者才能看明白这样两双手的天机，怎样的预言家才能说清楚这样两张脸的命运？

蔷薇几曾有定义，白云何所谓其命运，谁又见过为劈头迎来的巨石而焦灼的流水？

怎么会那么傻呢，年轻的时候？

三　从俗

当我们相爱——在开头的时候——我们觉得自己清雅飞逸，仿佛有一个新我，自旧我中飘然游离而出。

当我们相爱时，我们从每一寸皮肤、每一缕思维中伸出触角，要去探索这个世界，拥抱这个世界，我们开始相信自己的不凡。

相爱的人未必要朝朝暮暮相守在一起——小说里都是这样说的，小说里的男人和女人一眨眼便已暮年，而他们始终没有生活在一起，他们留给我们的是凄美的回忆。

但我们是活生生的人，我们不是小说，我们要朝朝暮暮，我们要活在同一个时间，我们要活在同一个空间，我们要相厮相守，相牵相挂，于是我们放弃飞腾，回到人间，和一切庸俗的人同其庸俗。

如果相爱的结果是使我们平凡，让我们平凡。

如果爱情的历程是让我们由纵横行空的天马变为忍辱负重、行向一路崎岖的承载驾马，让我们接受。

如果爱情的轨迹总是把云霄之上的金童玉女贬为人间烟火中的匹妇匹夫，让我们甘心。

我们只有这一生，这是我们唯一的筹码，我们要合在一起下注。

我们只有这一生，这是我们唯一的戏码，我们要同台演出。

于是，我们要了婚姻。

于是，我们经营起一个巢，栖守其间。

有厨房，有餐厅，那里有我们一饮一啄的牵情。

有客厅，那里有我们共同的朋友以及他们的高谈阔论。

有兼为书房的卧房，各人的书站在各人的书架里，但书架相衔，矗立成壁，连我们那些完全不同类的书也在声气相求。

有孩子的房间，夜夜等着我们去为一双娇儿痴女念故事，并且盖他们老是踢掉的棉被。

至于我们曾订下的山之盟呢？我们所渴望的水之约呢？让它们等一等，我们总有一天会去的，但现在，我们已选择了从俗。

贴向生活，贴向平凡，山林可以是公寓，电铃可以是诗，让我们且来从俗。

步下红毯之后

楔子

妹妹被放下来，扶好，站在院子里的泥地上，她的小脚肥肥白白的，站不稳。她大概才一岁吧，我已经四岁了！

妈妈把菜刀拿出来，对准妹妹两脚中间那块泥，认真而且用力地砍下去。

“做什么？”我大声问。

“小孩子不懂事！”妈妈很神秘地收好刀，“外婆说的，这样小孩子才学得会走路，你小时候我也给你砍过。”

“为什么要砍？”

“小孩子生出来，脚上都有脚镣锁着，所以不会走路，砍断了才走得成路。”

“我没有看见，”我不服气地说，“脚镣在哪里？”

“脚镣是有的，外婆说的，你看不见就是了！”

“现在断了没？”

“断了，现在砍断了，妹妹就要会走路了。”

妹妹后来当然是会走路了，而且，我渐渐长大，终于也知道妹妹会走路跟砍脚镣没有什么关系，但不知为什么，那遥远的画面竟那样清楚兀立，使我感动。

也许脚镣手铐是真有的，做人总得冲，总得顿破什么，反正不是我们壮硕自己去撑破镣铐，就是让那残忍的钢圈箍入我们的皮肉。

是暮春还是初夏也记不清了，我到文星出版社的楼上去，萧先生把一份契约书给我。

“很好，”他说，他看来高大、精细、能干，“读你的东西，让我想到小时候念的冰心和泰戈尔。”

我惊讶得快要跳起来，冰心和泰戈尔，这是我熟得要命、爱得要命的呀！他怎么会知道？我简直觉得是一份知遇之恩，《地毯的那一端》就这样卖断了，扣掉税我只拿到二千多元，但也不觉得吃了亏。

我兴冲冲地去找朋友调色样，我要了紫色，那时候我新婚，家里的布置全是紫色，窗帘是紫的，床罩是紫的，窗棂上的珊瑚藤是紫的，那紫色漫溢到书页上，一段似梦的岁月。那是个漂亮的阳光昼日，我送色样到出版社去，路上碰到三毛，她也是去送色样的，她是为男友舒凡的书调色，调的是草绿色，或说是酪梨绿，我也喜欢那颜色。那天下午的三毛真是美丽，因为心中有爱情，手中有颜色。我趋前谢谢她，因为不久前她为我画了一幅婚礼上的签名绸，画些绝美的牡丹。

出书真是件兴奋的事，我们愉快地将生命中的一抹色彩交给了那即将问世的小册子。

"我们那时候一齐出书，"有一次康芸薇说，"文星宣传得好大呀，放大照都挂出来了。"

那事我倒忘了，经她一提，想想好像真有那么回事，并且是摄影家柯锡杰照的。奇怪的是我虽不怎么记得照片的事，却记得自己常常下了班，巴巴地跑到出版社楼上，请他们给我看新书发售的情形。

"谁的书比较好卖？"其实书已卖断，销路如何跟我已经没有关系。

"你的跟叶珊的。"店员翻册子给我看，叶珊就是后来的杨牧。

我拿过册子仔细看，想知道到底是叶珊卖得多，还是我——我说不出那是痴还是幼稚，那时候成天都为莫名其妙的事发急发愁，年轻大概就是那样。

那年十月，“幼狮文艺”的朱桥寄了一张庆典观礼券给我，我去了。丈夫也有一张票，我们的座位不同区，相约散会的时候在体育场门口见面。

我穿了一身洋红套装，那天的阳光辉丽，天空一片艳蓝，我的位置很好，“国军运动会”的表演很精彩，想看的“总统”又近在咫尺，而丈夫，在场中的某个位子上，我们会后会相约而归，一切正完美晶莹，饱满无憾……

但是，忽然，我的泪水夺眶而出，我想起了南京……

不是地理上的南京，是诗里的，词里的，魂梦里的，母亲的乡音里的南京（母亲不是南京人，但在南京读中学），依稀记得那些名字，玄武湖、明孝陵、鸡鸣寺、夫子庙、秦淮河……

不，不要想那些名字，那不公平，中年人都不乡愁了，你才这么年轻，乡愁不该交给你来愁，你看表演吧，你是被邀请来看表演的，看吧！很好的位子呢！不要流泪，你没看见大家都好好的吗！你为什么流泪呢？你真的还太年轻，你身上穿的仍是做新娘子的嫁服，你是幸福的，你有你小小的家，每天黄昏，拉下紫幔等那人回来，生活里有小小的气恼，小小的得意，小小的凄伤和甜蜜，日子这样不就很好了吗？

不要碰“故国之思”，它太强，不要让三江五岳来撞击你，不要念赤县神州的名字，你受不了的，真的，日子过得很好，把泪逼回去，你不能开始，你不能开始，你不能开始，你一开始就不能收回……

我坐着，无效地告诫着自己，从金门来的火种在会场里点着了，赤膊的汉子在表演蛙人操，仪仗队的枪托冷凝如紫电，特别看台上面的大红柱子，直辣辣地逼到眼前来，我无法遏抑地想着中山陵，那仰向苍天的阶石，中国人的哭墙，我们何时才能将发烫的额头抵上那神圣的冰凉，我们将一步一稽额地登上雾锁云埋的最高巅……

会散了我挨蹭到门口，他在那里等我。我们一起回家。

“你怎么了？”走了好一段路，他忍不住问我。

“不，不要问我。”

“你不舒服吗？”

“没有。”

“那，”他着急起来，“是我惹了你？”

“没有，没有，都不是——你不要问我，求求你不要问我，一句话都不要跟我讲，至少今天别跟我讲……”

他诧异地望着我，惊奇中却有谅解，近午的阳光照在宽阔坦荡的敦化北路上，我们一言不发地回到那紫色小巢。

他真的没有再干扰我，我恍恍惚惚地开始整理自己，我渐渐明白有一些什么根深蒂固的东西一直潜藏在我自己也不甚知道的深渊之处，是淑女式的教育所不能掩盖的，是传统中文系的文字训诂和诗词歌赋所不能磨平的，那极蛮横极狂野极热极不可挡的什么，那种“欲饱史笔有脂髓，血作金汤骨做垒，凭将一腔热肝肠，烈作三江沸腾水”（那是我自己的句子，不算诗，因为平仄不对）

的情怀……

我想起极幼小的时候就和父亲别离，那时家里有两把长刀，是抗战胜利时分到的，鲨鱼皮，古色古香，算是身无长物的父亲唯一贵重的东西，母亲带着我和更小的妹妹到台湾，父亲不走，只送我们到江边，他说：

“守土有责，我会熬到最后五分钟。——那把刀你带着，这把，我带着，他年能见面当然好，不然，总有一把会在。”

那样的情节，那样一句一钢钉的对话，竟然不是小说而是实情。

父亲最后翻云南边境的野人山而归，长刀丢了，唯一带回来的是劫后之身。

不是在圣人书里，不是在线装的教训里，我了解了家国之思，我了解了那份渴望上下拥抱五千年、纵横把臂八亿人的激情，它在那里，它一直在那里……

随便抓了一张纸，就在那空白的背面，用的是一支铅笔，我开始写《十月的阳光》：

那些气球都飘走了，总有好几百个吧？在透明的蓝空里浮泛着成堆的彩色，人们全都欢呼起来，仿佛自己也分沾了那份平步青云的幸运——事情总是这样的，轻的东西总能飘得高一点，而悲哀拽住我，有重量的物体总是注定要下沉的。

体育场很灿烂，闪耀着晚秋的阳光，礼炮沉沉地响着，这是十月，一九六六年的十月，武昌的故事远了。西风里悲壮的往事远了……

中山陵上的落叶已深，我们的手臂因渴望一个扫墓的动作而酸痛。

我忽然明白，写《地毯的那一端》的时代远了，我知道我更该写的是什么，闺阁是美丽的，但我有更重的剑要佩，更长的路要走。

《十月的阳光》后来得了奖，奖金一千元，之后我又得过许多奖，许多奖金、奖座、奖牌，领奖时又总有盛会，可是只有那一次，是我真正激动的一次，朱桥告诉我，评审委员读着，竟哭了。

我不能永远披着白纱，踏着花瓣，走向红毯尽处的他，当我们携手走下红毯，迎人而来的是风是雨，是风雨声中恻恻的哀鸣。

——但无论如何，我已举步上路。

只被允许的二夜情

如果你正年轻。

如果你出发去旅行，只身，在风和日丽的四月天。然后，夜来了，你打开卧具，也许连卧具也没有，你便芳草以为褥，曲肱以为枕，沉沉睡在一株树下。在倦极卧地和酣然入眠之间，你发现原来头上的树实在是一棵很美丽的树，而树上的天空则尤其美丽。

树的美丽在于它的翠盖像一面筛子。天上的星星已经够细粒了，树却努力把星光筛得更细，仿若极绵幼的白糖霜，落在你黑黝黝的梦之咖啡里。

树的美丽又在于它的芬芳，它的枝枝叶叶都恍如隐身暗夜的情人，你看不到他，却气息分明。古希腊神话中的赛克公主和邱彼得之间的恋情，便是如此吧？

如果，年轻的你清晨醒来，你便在那一带城镇间游走、休憩。黄昏，你再次回到树下，冥想、惊奇，像一切的旅行者，并且倦极盹去。

如果，你再度醒来，如果你再度起身去满城漫步，这一切是可允许的。

可允许的？被谁？被佛戒。有这么一条怪戒律吗？有的，不过，那不被允许的又是什么呢？不被允许的是，你不可以在第三夜仍回到这棵同样的树下，因为，这样你就会沉迷耽溺，习惯于它的荫庇安详。你只准有二夜情，和那棵树。

这说法记载在哪里？记在《四十二章经》里，原文如下：

沙门受道法者，日中一食、树下一宿。慎莫再矣。所云浮屠，不三宿桑下，即不再宿树下之谓，此谓沙门办道宜精进，不可爱安逸也。

南朝范晔写《后汉书·襄楷传》时也用了这个典故：

浮屠不三宿桑下，不欲久生恩爱，精之至也。

这本《后汉书》，后来有位李贤为它作注（李贤为唐朝高宗的第六子，也就是章怀太子，却因遭疑被母后武则天赐死），注上说：

言浮屠之人寄桑下者，不经三宿便即移去，示无爱恋之心也。

后来的文人，爱用这个典故的人不少，其中比较向佛的白居易用得最多，如：

分袂二年劳梦寐，并床三宿话平生。（《答微之咏怀见寄》）
秋雨经三宿，无人劝一杯。（《雨中访崔十八》）

下面的句子也分别承袭了这份哀愁，如：

桑下岂无三宿恋，樽前聊与一身归。（宋·苏轼《别黄州》）
结习尚余三宿恋，残年多负半生闲。（金·元好问《望崧少》之一）
握手遂成三宿恋，论心那觉十年迟。（元·黄溍《次韵答蒋春卿诗》）
我欲更除三宿恋，就公新治乞《坛经》。（清·姚鼐《答孙补山中丞见怀》之二）
空桑三宿犹生恋，何况三年吟绪？（清·龚自珍《摸鱼儿》）

比较令我惊讶的是，连姚惜抱先生这种古板的桐城派老将也有这种恓惶的情怀。

回看我自己，我的平生几乎都是一连串的耽溺：我耽书、耽文学、耽美。耽一则婚姻已四十多年，住的房子也住了四十一年，教书至今竟四十六年，我根本无法和二宿就掉首而去的旅人相比。而凡耽溺者，大概都会受到一种诅咒，这诅咒便是你会生痴恋之心，在不得不告别之际，会伤心欲狂。

有位聪明干练的教授，他却有个极敏悟多情的小儿子，小儿不过刚会说话，见家中来了送瓦斯的工人他便极欢悦，待工人五分钟后走人，他便号啕大哭。

他也许预知，此生此世，茫茫人海，这张面孔竟再也不会重现了。此人可能不久后改业，也许虽未改业，但下次瓦斯却不轮他送，而或者不幸，此人也会遭险巇，或者，小儿自己搬了家……总之，五分钟因缘，以后——我们并不知道以后，小儿哭得有理！

唉，如果你不想学小儿痛哭，我倒有个“赖皮法”相授，你可以告诉自己，不妨，人生迅疾如飞箭，三十年不过是一宿，我目前的一切耽溺沉迷，其实都还属于被允许的“二宿之限”呢！

种种有情

有时候，我到水饺店去，饺子端上来的时候，我总是怔怔地望着那一个个透明饱满的形体，北方人叫它“冒气的元宝”，其实它比冷硬的元宝好多了，饺子自身是一个完美的世界，一张薄茧，包覆着简单而又丰盈的美味。

我特别喜欢看的，是捏合饺子边皮留下的指纹，世界如此冷漠，天地和文明可能在一刹那之间化为炭劫，但无论如何，当我坐在桌前，上面摆着的某个人亲手捏合的饺子，热雾腾腾中，指纹美如古陶器上的雕痕，吃饺子简直可以因而神圣起来。

“手泽”为什么一定要拿来形容书法呢？一切完美的留痕，

甚至饺皮上的指纹不都是美丽的手泽吗？我忽然感到万物的有情。

巷口一家饺子馆的招牌是“正宗川味山东饺子馆”，也许是一个四川人和一个山东人合开的，我喜欢那招牌，觉得简直可以画入清明上河图。那上面还有电话号码，前面注着TEL，算是有了三个英文字母，至于号码本身，写的当然是阿拉伯文，一个小招牌，能涵容了四川、山东、中文、阿拉伯（数）字、英文，不能不说是一种可爱。

校车反正是每天都要坐的，而坐车看书也是每天例有的习惯，有一天，车过中山北路，劈头栽下一片叶子，竟把手里的宋诗打得有了声音，多么令人惊异的断句法。

原来是通风窗里掉下来的，也不知是刚刚新落的叶子，还是某棵树上的叶子在某时候某地方，偶然憩在偶过的车顶上，此刻又偶然掉下来的，我把叶子揉碎，它是早死了，在此刻，它的芳香在我的两掌复活，我揸开微绿的指尖，竟恍惚自觉是一棵初生的树，并且刚抽出两片新芽，碧绿而芬芳，温暖而多血，镂饰着奇异的脉络和纹路，一叶在左，一叶在右，我是庄严地合着掌的一截新芽。

二年前的夏天，我们到堪萨斯去看朱和他的全家——标准的神仙眷属，博士的先生，硕士的妻子，数目“恰恰好”的孩子，可靠的年薪，高尚住宅区里的房子，房子前的草坪，草坪外的绿树，绿树外的蓝天……

临行，打算合照一张，我四下浏览，无心地说：

“啊，就在你们这棵柳树下面照好不好？”

“我们的柳树？”朱忽然回过头来，正色地说，“什么叫我们的柳树？我们反正是随时可以走的！我随时可以让它不是‘我们的柳树’。”

一年以后，他和全家都回来了，不知堪萨斯城的那棵树如今属于谁——但朱属于这块土地，他的门前不再有柳树了，他只能把自己栽成这块土地上的一片绿意。

春天，中山北路的红砖道上有人手拿着用粗绒线做的长腿怪鸟在兜卖，风吹着鸟的瘦胫，飘飘然好像真会走路的样子。

有些外国人忍不住停下来买一只。

忽然，有个中国女人停了下来，她不顶年轻，大概三十左右，一看就知是由于精明干练日子过得很忙碌的女人。

“这东西很好，”她抓住小贩，“一定要外销，一定赚钱，你到 ×× 路 ×× 巷 × 号二楼上去，一进门有个 × 小姐，你去找她，她一定会想办法给你弄外销！”

然后她又回头重复了一次地址，才放心走开。

台湾怎能不富，连路上不相干的路人也会指点别人怎么做外销。其实，那种东西厂商也许早就做外销了，但那女人的热心，真是可爱得紧。

暑假里到中部乡下去，弯入一个岔道，在一棵大榕树底下看到一个身架特别小的孩子，把几根绳索吊在大树上，他自己站在一张小板凳上，结着简单的结，要把那几根绳索编成一个网花盆的吊篮。

他的母亲对着他坐在大门口，一边照顾着杂货店，一边也编着美丽的结，蝉声满树，我停下来搭讪着和那妇人说话，问她卖不卖，她告诉我不能卖，因为厂方签好契约是要外销的。带路的当地朋友说他们全是不露声色的财主。

我想起那年在美国逛梅西公司，问柜台小姐那架录音机是不是中国台湾做的，她回了一句：

“当然，反正什么都是从日本跟中国台湾来的。”

我一直怀念那条乡下无名的小路，路旁那一对富足的母子，以及他们怎样在满地绿荫里相对坐编那织满了蝉声的吊篮。

我习惯请一位姓赖的油漆工人，他是客家人，哥哥做木工，一家人彼此生意都有照顾。有一年我打电话找他们，居然不在，因为到关岛去做工程了。

过了一年才回来。

“你们也是要三年出师吧。”有一次我没话找话跟他们闲聊。

“不用，现在两年就行。”

“怎么短了？”

“当然，现代人比较聪明！”

听他说得一本正经，顿时对人类前途都觉得乐观了起来，现代的学徒不用生炉子，不用倒马桶，不用替老板娘抱孩子，当然两年就行了。

我一直记得他们一口咬定现代人比较聪明时脸上那份有尊严的笑容。

老王是一个包工头，圆滚滚的身材加上圆头圆脸圆眼睛——甚至还有个圆鼻子。

可是我一直觉得他简直诗意得厉害。

一张估价单，他也要用毛笔写，还喜欢盯着人问："怎么？这笔字不顶难看吧？"

碰到承包大工程，他就要一个人躲到乌来去，在青山绿水之间仔细推敲工和料的盈亏。

有一次，偶然闲谈，他兴高采烈地提到他在某某地方做过工程。那是一个军事单位。

"有人说那里有核子弹，你看到没有？"

"当然有！"

"有，又怎么会让你看见？"我笑了起来。

"老实说，我也没看见，"他也笑了起来，不过仍是理直气壮的，"不过，有，我也说有，没有，我也说有，反正我就是硬要说它有。我们做老百姓的就是这样。"

有没有核子弹忽然变得不重要，有老王这样的人才是件可爱的事。

学校下面是一所大医院，黄昏的时候，病人出来散步，有些探病的人也三三两两地散步。

那天，我在山径上便遇见了几个这样的人。

习惯上，我喜欢走慢些去偷听别人说话。

其中有一个人，抱怨钱不经用，抱怨着抱怨着，像所有的中老年人一样，话题忽然就回到四十年前一块钱能买几百个鸡蛋的老故事上去了。

忽然，有一个人憋不住地叫了起来：

“你知道吗，抗战前，我念初中，有一次在街上捡到一张钱，哎呀，后来我等了一个礼拜天，拿着那张钱进城去，又吃了馆子，又吃了冰淇淋，又买了球鞋，又买了字典，又看了电影，哎呀，钱居然还没有花完哪……”

山径渐高，黄昏渐冷。

我驻下脚，看他们渐渐走远，不知为什么，心中涌满了对黄昏时分霜鬓的陌生客的关爱，四十年前的一个小男孩，曾被突来的好运弄得多么愉快，四十年后山径上薄凉的黄昏，他仍然不能忘记……不知为什么，我忽然觉得那人只是一个小男孩，如果可能，我愿意自己是那掉钱的人，让人世中平白多出一段传奇故事……

无论如何，能去细味另一个人的惆怅也是一件好事吧。

元旦的清晨，天气异样地好，不是风和日丽的那种好，是清朗见底毫无渣滓的一种澄澈。我坐在出租车上赶赴一个会，路遇红灯时，车龙全停了下来，我无聊地探头窗外，只见两个年轻人骑着机车，其中一个说了几句话忽然兴奋地大叫起来："真是个好主意啊！"我不知他们想出了什么好主意，但看他们阳光下无邪的笑脸，也忍不住跟着高兴起来，不知道他们的主意是什么主意，但能在偶然的红灯前遇见一个以前没见过以后也不会见到的人真是一个奇异的机缘。他们的脸我是记不住的，但那不重要，重要的是我记得他们石破天惊的欢呼，他们或许去郊游，或许去野餐，或许去访问一个美丽的笑面如花的女孩，他们有没有得到他们预期的喜悦，我不知道，但至少我得到了，我惊喜于我能分享一个陌路的未曾成形的喜悦。

有一次，路过香港，有事要和乔宏的太太联络，习惯上我喜欢凌晨或午夜打电话——因为那时候忙碌的人才可能在家。

"你是早起的还是晚睡的？"

她愣了一下。

"我是既早起又晚睡的，孩子要上学，所以要早起，丈夫要拍戏，所以要晚睡——随你多早多晚打来都行。"

这次轮到我愣了，她真厉害，可是厉害的不止她一个人。其实，所有为人妻为人母的大概都有这份本事——只是她们看起来又那样平凡，平凡得自己都弄不懂自己竟有那么大的本领。

女人，真是一种奇怪的人，她可以没有籍贯、没有职业，甚至没有名字地跟着丈夫活着，她什么都给了人，她年老的时候拿不到一文退休金，但她却活得那么劲头，她可以早起可以晚睡，可以吃得极少，可以永无休假地做下去。她一辈子并不清楚自己是在付出还是在拥有。

资深主妇真是一种既可爱又可敬的角色。

文艺会谈结束的那天中午，我因为要赶回宿舍找东西，午餐会上迟到了三分钟，慌慌张张地钻进餐厅，席次都坐好了，大家已经开始吃了，忽然有人招呼我过去坐，那里刚好空着一个座位，我不加考虑地就走过去了。

等走到面前，我才呆了，那是谢东闵“主席”右首的位置，刚才显然是由于大家谦虚而变成了空位，此刻却变成了我这个冒失鬼的位子，我浑身不自在起来，跟“大官”一起总是件令人手足无措的事。

忽然，谢“主席”转过头来向我道歉：

“我该给你夹菜的，可是，你看，我的右手不方便，真对不起，不能替你服务了。你自己要多吃点。”

我一时傻眼望着他，以及他的手，不知该说什么。那只伤痕犹在的手忽然美丽起来，炸得掉的是手指，炸不掉的是一个人的风格和气度。我拼命忍住眼泪，我知道，此刻，我不是坐在一个“大官”旁边，而是一个温煦的“人”的旁边。

经过火车站的时候，我总忍不住要去看留言牌。

那些粉笔字不知道铁路局允许它保留半天或一天，它们不是宣纸上的书法，不是金石上的篆刻，不是小笺上的墨痕，它们注定立刻便要消逝——但它们存在的时候，它是多好的一根丝绦，就那样绾住了人间种种的牵牵绊绊。

我竟把那些句子抄了下来：

缎：久候未遇，已返，请来龙泉见。

春花：等你不见，我走了（我两点再来）。荣。

展：我与姨妈往内埔姐家，晚上九时不来等你。

每次看到那样的字总觉得好，觉得那些不遇、焦灼、愚痴中也自有一份可爱。一份人间的必要的温度。

还有一个人，也不署名，也没称谓，只扎手扎脚地写了“吾走矣”三个大字，板黑字白，气势好像要突破挂板飞去的样子。也不知道究竟是写给某一个人看的，还是写给过往来客的一句诗偈，总之，令人看得心头一震！

《红楼梦》里麻鞋鹑衣的疯道人可以一路唱着《好了歌》，告诉世人万般“好”都是因为“了断”尘缘，但为什么要了断呢？每次我望着大小驿站中的留言牌，总觉万般的好都是因为不了不断，不能割舍而来的。

天地也无非是风雨中的一座驿亭，人生也无非是种种羁心绊意的事和情，能题诗在壁总是好的！

想你的时候

——寄亡友恩佩

轳辘在转，一团湿泥在我手里渐渐成形，陶艺教室里大家各自凝神于自己转盘上那一块混沌初开的宇宙，五月的阳光安详而如有所待，碌碌砸砸的声浪里竟有一份喧哗的沉静。

这件事，我一直没有告诉你，我在学陶，或者说，我在玩泥巴，我想做一个小小的东西，带去放在你的案头，想必是一番惊喜。但是，你终于走了，我竟始终没有能让你知道这样微不足道的一项秘密。

一只小钵子做好了，我把它放在高高的架子上，等着几天以后它干了再来修坯。我痴坐失神，窗外小巷子里，阳光如釉，天地岂不也是这样一只在旋转后成形的泥钵吗？

到而今，“有所赠”和“无所赠”对你已是一样的了，死亡究竟是怎么一回事呢？

其实，相知如此，我也并不是成天想着你的——但此刻，泥土的感觉仍留在指间，神秘的成形过程，让人想到彩陶和黑陶的历史岁月，甚至想到天地乍创，到处一片新泥气息的太初，这一刻，我知道，注定了是想你的时候。

想你的一生行迹也是如此，柔弱如湿土，不坚持什么，却有其惊人的韧度。卑微如软泥，甘愿受大化的揉搓捣练和挖空而终至成形成器。十九岁，患上淋巴癌，此后却能活上四分之一世纪，有用不完的耐力，倾不完的爱。想故事中的黄土抟人应是造人的初步，而既得人身，其后的一言一行，一关心一系情岂不也是被一只神秘的手所拉坯成形。

人生在世，也无非等于一间轳辘声运转不息的陶艺教室啊！

想你，在此刻。

泰国北部清莱省一个叫联华新村的小山村，住着一些来自云南的中国人。

白天，看完村人的病，夜晚，躺在小木屋里。吹灭油灯的时候，马教士特意说：

“晚安，你留意看，熄灯以后满屋子都是萤火虫呢！”

吹灯一看，果然如此，我惊讶起坐，恋恋地望着满屋子的闪烁，竟不忍再睡。

比流星多芒，流星一闪而陨灭，萤光据说却是求偶的讯号，那样安静地传情啊。

比群星灿然，因为萤光中多一分绿意，仿佛是穿过草原的时候不小心染绿的。

我拥被而坐，看着那些光点上下飘忽，心中又是欢喜，又是怅然。

想人生一世，这曾经惊过、惧过、喜过、怒过、情过、欲过、悲过、痛过的身子，到头来也是磷火莹碧，有如此虫吧？我今以旅人之身，在遥远异域的长夜里看萤光熠耀，百年后，又是谁在荒烟蔓草间看我骨中的萤焰呢？

这样的时刻，切心切意想起的，也总是你。

如果你仍在世，萤火虫的奇遇当足以使你神驰意远。如果你也知道这小小的贫瘠的山村，山村中流离的中国人，你会与我同声一哭。而今呢？大悲恸与大惊喜相激如潮生的夜里，感觉与你如此相近而又如此相远，相近是因二十年的缘分，相远是因为想不明白死者舍世以后的情怀。

祖国大陆的基督徒有一首流传的诗，常令我泪下，其中一段这样说：

天上虽有无比荣耀的冠冕
但无十字架可以顺从

他为我们所受一切的碾磨

在地，才能与他沟通（原文作交通）

进入“安息”就再寻不到“渡境”

再无机会为他受苦

再也不能为他经过何试炼

再为他舍弃何幸福

是不是只有此生此世有眼泪呢？此时此际，如果你我拨云相望，对视的会皆成泪眼吗？如果天上有泪，你必为此异域孤孑而同悲吧！

如果天上无泪，且让我在有生之年把此民族大恸一世洒尽，也不枉了这一双流泉似的眼睛！

檀香扇总让我想起你，因为它的典雅芳馨。

有一年夏天，行经芝加哥，有一个女孩匆匆塞给我一柄扇子，就在人群中消失了。

回去打开一看，是一柄深色的镂花檀香扇，我本不喜欢拥有这种精致的东西，但因为总记得陌生的赠者当时的眼神，所以常带着它，在酷热的时候为自己制造一小片香土。

但今夏每次摇起细细香风的时候，我就怅怅地想起你。

那时候，你初来台湾不久，住在我家里，有一天下午，你跑到我房间来，神秘兮兮地要我闭上眼睛，然后便摇起你心爱的檀香扇：

“你猜，这是什么？”

“不知道。”我抵赖，不肯说。

“你看，你看，苏州的檀香扇，好细的刻工。好中国的，是不是？”

我当时不太搭理你，虽然心里也着实喜欢两个女孩在闺中的稚气，但我和你不一样，你在中国香港长大，拿英国护照，对故土有一份浪漫的幻想。

喜欢你穿旗袍的样子，喜欢你轻摇檀香扇，喜欢你悄悄地读一首小词的神情，因为那里面全是虔诚。

有些地方，我们是同中有异的。

但此刻长夏悠悠，我情怯地举起香扇，心中简简单单地想起那年夏天，想起你常去买一根橙红色的玫瑰，放在小锡瓶里，孤单而芳香。想你轻轻地摇扇，想你口中叨叨念念的故乡。檀木的气味又温柔又郁然，而你总在那里，在一阵香风的回顾里。

假日公寓楼下的小公园，一大群孩子在玩躲猫猫的游戏。照例被派定作“鬼”的那一个要用手帕蒙上眼睛，口里念念有词地数着数目，他的朋友有的躲在树上有的藏在花间，他念完了数目，猛然一张眼，所有的孩子都消失了，四下竟一个人也没有。

我凭窗俯视园中游戏的小孩，不禁眼湿，我多像那孩子啊！每当夜深，灯下回顾，亡友音容杳然，怎么只在我一蒙眼的瞬间，他们就全消逝了呢？

然而楼下那孩子却霸道地大笑起来：

“哈，王 ××，你别躲了，我看见了，你在花里！”

我也粲然一笑，我的朋友啊，我看不见你，却知道你在哪里，或在花香，或在翠荫，或在一行诗的遐思，生死是一场大型的躲迷藏啊，看不见的并不是不存在，当一场孩童的游戏乍然结束，我们将相视而喜。

并不是在每一个日子想你，只是一切美丽的，深沉的，心中洞然如有所悟的刹那便是我想你的时刻了。

请来与我同座，那弹琵琶的女子

——抵抗塞车三招

“自己开车，那好，那方便。”

每次有人对我这么说，我就苦笑。开车方便，对，但只限于“方便的时候”才方便！一旦碰上“不方便的时候”，你真恨不得毁车而去。这才想起北欧神话里有些技艺特巧的侏儒，他们制造的战舰，不用的时候竟可以折成火柴盒大小。人家北欧说故事的人早想到了，我们现代的汽车制造厂怎么这么笨！

每次陷在车阵里，我就反复对自己说：

“喂，你这个倒霉的家伙，你已经够倒霉了，千万别生气哦！

你一旦生了气，那就形成二次伤害，那叫‘祸不单行’，那你就更倒霉了！”

虽然如此，这番金玉良言居然言者谆谆、听者藐藐，最佳状况也无非把“咬牙切齿”换成“暗生闷气”罢了。以上是我抵抗塞车的第一招。

有时候，也很想打个电话告诉市长大人说：

“喂，阿扁，你知道吗？我是个模范市民，虽然没办法凑合你，做到你所许诺的‘希望、快乐’，但我一定混个五十分，例如‘在失望的时候努力快乐’，并且‘在不快乐之际致力于拥抱希望’。”以上是抵抗塞车第二招——但阿Q式的幽默感也有不灵的时候，所以我还有第三招伺候。这第三招叫“遁身唐宋”。

什么叫遁身唐宋呢？那便是使些法术，跟白居易或苏东坡打个长途大哥大。只要我喃喃念起《琵琶行》：

“浔阳江头夜送客，枫叶荻花秋瑟瑟……醉不成欢惨将别，别时茫茫江浸月……”

立刻喇叭声，油烟味一一退避三舍。长安古城安然归来，那穿着血色罗裙的妙龄女子挥手弹她美妙的琵琶。

而“春江潮水连海平，海上明月共潮生。滟滟随波千万里，何处春江无月明……”也让我痴痴地跟着那片月光走，一路走到大海之上，和写《春江花月夜》的诗人张若虚一起。

……江天一色无纤尘，皎皎空中孤月轮。

江畔何人初见月，江月何年初照人……

唉，写出这样清丽的句子的诗人怎么不立刻去死呀！我愤愤地想，句子华美透明到竟像是沾着月光下的江水写成的。实在令人嫉妒。

我想起自己有一次，到扬州去玩，循着清帝下马的渡口，走到博物馆，竟然看到一张毛笔写的《春江花月夜》，贴在橱子里，实在不胜惊骇。扬州古城，其实不乏古物，但扬州出了个张若虚，他们就把这个诗人的产品也当作文物展出。我在世界各地看过的有规模的博物馆少说也上百，但把一首诗贴出来当展览品的怪事，倒未之闻也。不过，我也立刻原谅了，毕竟，这是一首太好太好的诗，好到令博物馆长也糊涂了。其实它的展出应该还包括一千三百年前的唐代月光、花香和浩荡不尽的江声……

车阵稍稍移动了一点，我轻踩油门的时候，听到那熟悉的声音：

“人生到处知何似？应似飞鸿踏雪泥……”

不用转头去看，安坐在我右手边的当然是前来搭便车的东坡先生。我很惊喜，说：

“喂，你知道吗？我去年去了一趟海南岛耶！我去看你九百年前流放的地方。”

“哈，别想瞒我，你是羡慕的，就连我的贬官，你也是羡慕的。

怎么样，要不要来杯椰子酒？”老苏真是可人，“前两天，土人酿了送我的。”

酒作淡乳色，芳甘怡人，有点女性品位，我仰首一干，暂时忘了车窗外又复纠缠打结的车阵。

第二辑

一个女人的爱情观

对我而言，爱一个人就是满心满意要跟他一起“过日子”，天地鸿蒙荒凉，我们不能妄想把自己扩充为六合八方的空间，只希望以彼此的火烬把属于两人的一世时间填满。

一个女人的爱情观

忽然发现自己的爱情观很土气，忍不住自笑了起来。

对我而言，爱一个人就是满心满意要跟他一起“过日子”，天地鸿蒙荒凉，我们不能妄想把自己扩充为六合八方的空间，只希望以彼此的火烬把属于两人的一世时间填满。

客居岁月，暮色里归来，看见有人当街亲热，竟也视若无睹，但每看到一对人手牵手提着一把青菜一条鱼从菜场走出来，一颗心就忍不住恻恻地痛了起来，一蔬一饭里的天长地久原是如此味永难言啊！相拥的那一对也许今晚就分手，但一鼎一镬里却有其朝朝暮暮的恩情啊！

爱一个人原来就只是在冰箱里为他留一个苹果，并且等他归来。

爱一个人就是在寒冷的夜里不断在他的杯子里斟上刚沸的热水。

爱一个人就是喜欢两人一起收尽桌上的残肴，并且听他在水槽里刷碗的音乐——事后再偷偷把他不曾洗干净的地方重洗一遍。

爱一个人就有权利霸道地说：

“不要穿那件衣服，难看死了，穿这件，这是我新给你买的。”

爱一个人就是一本正经地催他去工作，却又忍不住躲在他身后想捣几次小小的蛋。

爱一个人就是在拨通电话时忽然不知道要说什么，才知道原来只是想听听那熟悉的声音，原来真正想拨通的，只是自己心底的一根弦。

爱一个人就是把他的信藏在皮包里，一日拿出来看几回、哭几回、痴想几回。

爱一个人就是在他迟归时想上一千种坏可能，在想象中经历万般劫难，发誓等他回来要好好罚他，一旦见面却又什么都忘了。

爱一个人就是在众人暗骂：“讨厌！谁在咳嗽！”你却急道：“唉，唉，他这人就是记性坏啊，我该买一瓶川贝枇杷膏放在他的背包里的！”

爱一个人就是上一刻钟想把美丽的恋情像冬季的松鼠秘藏坚果一般，将之一一放在最隐秘最安妥的树洞里，下一刻钟却又想告诉全世界这骄傲自豪的消息。

爱一个人就是在他的头衔、地位、学历、经历、善行、劣迹之外，看出真正的他不过是个孩子——好孩子或坏孩子——所以疼了他。

也因此，爱一个人就喜欢听他儿时的故事，喜欢听他有几次大难不死，听他如何淘气惹厌，怎样善于玩弹珠或打“水漂漂”，爱一个人就是忍不住替他记住了许多往事。

爱一个人就不免希望自己更美丽，希望自己被记得，希望自己的容颜体貌在极盛时于对方如霞光过目，永不相忘，即使在繁花谢树的冬残，也有一个人沉如历史典册的瞳仁可以见证你的华采。

爱一个人总会不厌其烦地问些或回答些傻问题，例如：“如果我老了，你还爱我吗？”“爱！”“我的牙都掉光了呢？”“我吻你的牙床！”

爱一个人便忍不住迷上那首白发吟：

亲爱，我年已渐老
白发如霜银光耀
唯你永是我爱人
永远美丽又温柔……

爱一个人常是一串奇怪的矛盾，你会依他如父，却又怜他如子，尊他如兄，又复宠他如弟，想师事他，跟他学，却又想教导他把他俘虏成自己的徒弟，亲他如友，又复气他如仇，希望成为他的女皇，他唯一的女主人，却又甘心做他的小丫鬟小女奴。

爱一个人会使人变得俗气，你不断地想：晚餐该吃牛舌好呢？还是猪舌？蔬菜该买大白菜？还是小白菜？房子该买在三张犁呢？还是六张犁？而终于在这份世俗里，你了解了众生，你参与了自古以来匹夫匹妇的微不足道的喜悦与悲辛，然后你发觉这世上有超乎雅俗之上的情境，正如日光超越调色盘上的色样。

爱一个人就是喜欢和他拥有现在，却又追记着和他在一起的过去。喜欢听他说，那一年他怎样偷偷喜欢你，远远地凝望着你。爱一个人又总期望着未来，想到地老天荒的他年。

爱一个人便是小别时带走他的吻痕，如同一幅画，带着鉴赏者的朱印。

爱一个人就是横下心来，把自己小小的赌本跟他合起来，向生命的大轮盘去下一番赌注。

爱一个人就是让那人的名字在临终之际成为你双唇间最后的音乐。

爱一个人，就不免生出共同的、霸占的欲望。想认识他的朋友，想了解他的事业，想知道他的梦。希望共有一张餐桌，愿意同用一双筷子，喜欢轮饮一杯茶，合穿一件衣，并且同衾共枕，奔赴一个命运，共寝一个墓穴。

前两天，整收房间，理出一只提袋，上面赫然写着“××孕妇服装中心”，我愕然许久，既然这房子只我一人住，这只手提袋当然是我的了，可是，我何曾跑到孕妇店去买衣服？于是不甘心地坐下来想，想了许久，终于想出来了。我那天曾去买一件斗篷式的土褐色短褛，便是用这只绿色袋子提回来的，我是的确闯到孕妇店去买衣服了。细想起来那家店的模特儿似乎都穿着孕妇装，我好像正是被那种美丽沉甸的繁殖喜悦所吸引而走进去的。这样说来，原来我买的那件宽松适意的斗篷式短褛竟真是给孕妇设计的。

这里面有什么心理分析吗？是不是我一直追忆着怀孕时强烈的酸苦和欣喜而情不自禁地又去买了一件那样的衣服呢？想多年前冬夜独起，灯下乳儿的寒冷和温暖便一下子涌回心头，小儿吮乳的时候，你多么希望自己的生命就此为他竭泽啊！

对我而言，爱一个人，就不免想跟他生一窝孩子。

当然，这世上也有人无法生育，那么，就让共同作育的学生，共同经营的事业，共同爱过的子侄晚辈，共同谱成的生活之歌，共同写完的生命之书来做他们的孩子。

也许还有更多更多可以说的，正如此刻，爱情对我的意义是终夜守在一盏灯旁，听车声退潮再复涨潮，看淡紫的天光愈来愈明亮，凝视两人共同凝视过的长窗外的水波，在矛盾的凄凉和欢喜里，在知足感恩和渴切不足里细细体会一条河的韵律，并且写一篇叫《爱情观》的文章。

四个身处婚姻危机的女人

元代画家赵孟頫的妻子管夫人写过一首词，十分脍炙人口：

你侬我侬，忒煞情多；
情多处，热如火；
把一块泥，捻一个你，塑一个我，
将咱两个一齐打破，用水调和；
再捻一个你，再塑一个我。
我泥中有你，你泥中有我；
我与你生同一个衾，

死同一个椁。

这首词二十年前一度是街头巷尾流行的现代情歌。它不但写得好，而且还很实用，据说当年让赵孟頫读此词而回心转意，罢了娶妾的念头。原来这么美的一首情诗竟是拿来“劝退”的。中国古来用文学挽救婚姻的故事发生过几次，第一次主角是汉代的陈皇后，她因嫉妒，遭汉武帝打入冷宫。司马相如替她写了《长门赋》，稿费黄金百斤（古代黄金未必只指金子，但仍是令现代人咋舌的笔润）。这篇高价买来的文章，果真有点功能，算是令她暂时和皇帝恢复了一阵亲善关系。

吊诡的是，这少年时代为人写《长门赋》的司马相如，后来老病之余也想娶妾。这一次，他那浪漫的妻子卓文君又能到哪里去找人替自己写感人的“短门赋”呢？她只好自己动手来写了。她写了一首《白头吟》，口气非常自尊自重，其辞如下：

皑如山上雪，皎若云间月，
闻君有两意，故来相决绝。
今日斗酒会，明旦沟水头，
躞蹀御沟上，沟水东西流。
凄凄复凄凄，嫁娶不须啼，
愿得一心人，白头不相离。

竹竿何袅袅，鱼尾何簁簁，

男儿重意气，何用钱刀为！

另外一个女人叫苏蕙，是晋代窦滔的妻子。窦滔镇襄阳，带着宠姬赵阳台去赴任，把苏蕙留在家中。苏蕙手织了一篇璇玑文，上面有八百多字，纵横反复，皆成章句。窦滔读了，很惊讶妻子的才华——不过好像也就那么感动一下就是了，没听说苏蕙的处境获得什么改善。

这四个女人或动笔，或动织布机，或劳动一代文豪。总之，她们都试图用文学来挽回颓势，而且多少也获致了一点成功。文学本是性灵的东西，性灵的东西在现实生活里不容易发挥什么功用，她们却居然让文学为自己的婚姻效力，也算不简单了。

但不知为什么，我读这些诗，却只觉悲惨，连她们的胜利我也只觉是惨胜，我只能寄予无限悲悯。啊，那些美丽的蕙质兰心的女子，为什么她们的男人竟不懂得好好疼惜她们呢？

“你的侧影好美！”

中午在餐厅吃完饭，我慢慢地喝下那杯茶，茶并不怎么好，难得的是那天下午并没有什么赶着做的事，因此就慢慢地一口一口地啜着。

柜台那里有个女孩在打电话，这餐厅的外墙整个是一面玻璃，阳光流泻一室。有趣的是那女孩的侧影便整个印在墙上，她人长得平常，侧影却极美。侧影定在墙上，像一幅画。

我坐着，欣赏这幅画，奇怪，为什么别人都不看这幅美人图呢？连那女孩自己也忙着说个不停，她也没空看一下自己美丽的侧影。而侧影这玩意其实也很诡异，它非常不容易被本人看到。你一转头去看它，它便不是完整的侧影了，你只能斜眼去偷瞄自己的侧影。

我又坐了一会儿，餐厅里的客人或吃或喝——他们显然都在做他们身在餐厅该做的事。女孩继续说个不停，我则急我的事，我的事是什么事呢？我在犹豫要不要跑去告诉那女孩关于她侧影的事。

她有一个极美的侧影，她自己到底知道不知道呢？也许她长到这么大都没人告诉过她，如果我不告诉她，会不会她一生都不知道这件事？

但如果我跑去告诉她，她会不会认为我神经兮兮，多管闲事？

我被自己的假设苦恼着，而女孩的电话看样子是快打完了。我必须趁她挂上电话却犹站在原来位置的时候告诉她。如果她走回自己座位我再拉她站回原地去表演侧影，一切就不再那么自然了。

我有点气自己。小小一件事，我也思前想后，拿捏不出个主意来。啊！干脆老实承认吧！我就是怕羞，怕去和陌生人说话，有这毛病的也不只我一个人吧！好，管他的，我且站起来，走到那女孩背后，破釜沉舟，我就专等她挂电话。

她果真不久就挂了电话。

“小姐！”我急急叫住她，“我有一件事要告诉你……”

“哦……”她有点惊讶，不过旋即打算听我的说词。

“你知道吗？你的侧影好美，我建议你下次带一张纸，一支笔，把你自己在墙上的侧影描下来……”

“啊！谢谢你告诉我。”她显然是惊喜的，但她并没有大叫大跳。她和我一样，是那种含蓄不善表达的人。

我走回座位，嘘了一口气。我终于把我要说的说了，我很满意我自己。

“对！其实我这辈子该做的事就是去告诉别人他所不知道的自己的美丽侧影。”

做花当做玫瑰花

可没人听说过芭乐花吧？有谁订购过杨桃花送女朋友呢？冬瓜花、西瓜花虽然将来大可以“瓜瓞绵绵”，可是哪里上得了花谱！所以，要说做花，就得做漂亮的玫瑰花。做人，当然以伟大为好，否则，至少也得漂亮！

漂亮也是一种伟大！

我就是喜欢漂亮——当然，我不是没有听过公民老师的训诲，也不是不知道“内在美”比“外在美”重要。但是，去他的“内在美”，一个男人或者一个女人，除非不正常，否则怎么会违反孔老夫子的常规，弄得“好德”胜于“好色”起来？（当然，大智者往往若愚，诸葛亮看到周公瑾娶了漂亮的小乔，一气，便娶了一个丑女人，历史上有名的瑜亮斗智就是自此开始的。）

我不是诸葛亮，我喜欢一切漂亮的男人、漂亮的女人、漂亮的事、漂亮的手段——反正一切漂亮的我都喜欢，至少我能容忍。

我原谅某些穿迷你裙、热裤或露背装的女人——只要她们是确实长着一双好看的大腿，一片腴白的肩背。但是如果长着痴肥的一双腿，灰油油的一副肩膀还居然想亮相的话，我觉得简直是对服装设计师的大不敬，我如果是警察，非抓这种人不可。

我原谅裸奔——如果女人长得像维纳斯，男人长得像米开朗基罗刀下的少年大卫，我忍不住要原谅他们在春天里想脱衣服的冲动。（大人先生们何必着急呢？反正这玩意再流行也流行不过冬天，雪一下，裸奔分子不就回家烤火了吗？）但如果一个满身挂着松肉或瘦小干瘪的人也敢于裸奔的话，我就认为他们犯了猥亵罪。

我原谅林黛玉，原谅西施，原谅早死的倾国倾城的李夫人，虽然她们常常生病。“东亚病夫”大概都是这类“东亚病妇”生的。但只要生病生得像林黛玉那样桃腮泛红，星眸放光，或像西施那样颦眉捧心，娇喘不胜的话，就算送到选美会上，也能捞个“最佳病容奖”。要是像东施，虽然身体棒、演技好，又有谁敢领教？

如果我在路上被摩托车撞了，只要我定神一看，那位仁兄骑着一辆崭新耀眼的鲜红跑车，穿着漂亮泛白的牛仔裤，套着艳黄四射的一件运动衫——而且，顶要紧的，有一张奥玛雪瑞夫式的性格的脸，我一定软了心，爬起来自己拍灰自己走路，并且诚心地向他道歉，请他不要介意我的额头无意间撞掉了他的车漆。但如果来人骑着一辆灰不灰黄不黄的老爷车，又邋遢着一张浮肿油亮的丑脸，（或者，更不幸地，又长了些红豆。）我一定非找他算账不可！

我连流氓都同情。不管他有没有杀人越货，但只要照片上的他有一张“孩子式的脸”，血色良好的颊上有着“纯洁的微笑”，只要他有一百八十公分的身高，只要他逃亡的时候带着一个“头发如黑瀑布”“苍白的脸上有两颗梦样的大眼睛”的舞女，我总是百分之百地同情他的——对漂亮的人而言，我的同情心要多少就有多少。

古时候曾有一位桓太太，听说丈夫纳妾，一气之下，直捣小公馆。本来似乎很有可能要演出一件以上的凶杀案——或者至少也是件重伤害案，但这位夫人一进门，看见那位美人正端坐在梳妆台前梳她漂亮的头发，不觉手软了。讪讪地回了家，只说一句：“我见了都心疼，也难怪那老鬼了。”这女人是一位唯美主义者，她如果托生西方世界，绝轮不到一千年后的王尔德来谈“唯美”。

其实爱漂亮爱得连自己的主观身份都忘了的大有人在，武则天当然不会喜欢那篇以“人身攻击”的方法骂她的《为徐敬业讨武曌檄》，但她只读几句就开始骂起人来——不是骂作者骆宾王，而是骂左右大臣。“都是你们！”她恨恨地拍桌子，“这种人才，你们还居然让他流落在外，都是你们的罪！”

为了檄文写得漂亮，竟然忘了挨骂的人是自己，这恐怕是女皇帝之所以为女皇帝的道理！就单为这千古以来漂亮的一骂，我已忍不住喜欢武则天了。男人中有此漂亮风度的似乎只有曹操，他对骂他的文章说过一句：“愈我头风！”

能写这种漂亮的文章当然不易，但读完了骂自己的漂亮文章而能做一种这么漂亮的手势尤其难得！——索尔仁尼琴那些骂克里姆林宫的文章是白写了，我还以为俄国政府至少应该为这封信颁给他一份普希金文学奖呢！

其实，依我这种死爱漂亮的无知小民的浅见，世界上每件事都是靠漂亮起家，（我最不屑听什么论女人则论气质的话，你削掉她一个鼻子——不，半个鼻子——试试，包管你什么气质都削掉啦！）不是有人说过吗？只要埃及艳后的鼻子多长一寸，历史就要改写了。

就是世界大事，也是跟“漂亮”有关系的。依我看，以色列所以能把军火贩到手，无非是以色列兵看起来比阿拉伯兵帅的结果。而肯尼迪总统当年所以能在选举中大获全胜，何尝不是由于其本人的英俊加上肯太大的风韵。如果尼太太也跟肯太太一样漂亮，哪里会有水门案，谁还忍心骂她用公款买钻石呢？

老实说，国跟国之间的外交关系，其脆薄无用跟结婚证书是没有什么两样的，一旦人老珠黄，停妻再娶或找野女人的事是不免有的。到时候还不赶快买盒“淑女修容粉饼”把自己打点打点，光扯着喉咙向四邻哭自己的“内在美”又有什么用！

我就是喜欢“外在美”，我就是喜欢漂亮，谁敢吃烂了皮的樱桃呢？我也以小人之心度君子之腹，深信全世界的人都跟我一样浅薄。没有人管你的土地政策，没有人管你的政府有没有杀作家的习惯，没有人管你抢劫犯多不多，没有人管你的文化深厚不深厚——他们只想看看手边有没有一本贵国的彩色烫金宣传手册，手册上面摄影效果弄得好不好。

这是一个“三围”比“四德”重要的时代，我是等不及地想去做玫瑰花了，你呢？

后记：拳术上有所谓“四两拨千斤”的话，在政治上，四两的宣传也一样可以拨得千斤的政绩。其实这年头，不懂宣传，不爱漂亮的人已经可以说绝种了。如今守着摊子做生意而不懂得广告术的，大概只剩下教会和官府这两家老店了。

说“看女人”

专家论世事，每每论得又高深又玄奥，务必使人看不懂，试想，阁下一旦看得懂了，他又如何独霸市场做专家呢。

可叵不是什么专家，所以论世事简单明了，三言两语，一清二楚。专家们手上必须有许多数字，许多资料，始能判定国家之盛衰，社会之隆替。可叵却不需要这一套，要知道，那一套全是唬人的，真正要看一个地区的气数，只消往最热闹的所在，把两脚站稳了，仔细看来来往往的女人，不消半天工夫，便可以十得八九。

阁下以为可叵是登徒子吗？登徒子哪有可叵这份神闲气定（登

徒子早就搔腮抓耳，口涎直流了）。看女人之道大矣，哪里是那些没学问没器量的人办得到的！

看女人，首先要看女人的身高，如果这地区的女人全都干瘦矮小，这地区一定糟糕。一个社会光把男人喂饱了不算数，必须也把女人供奉得营养充足才是个好地方。

和身高相关的是腿长，如果女孩人人腿短，那准是个封闭的社会（女孩子还一一跪在榻榻米上给人插花沏茶呢）！女孩子如果没学会龙腾虎跃，全社会都强不起来，那真悲惨。

女孩子除了必须身材高大，双腿修长外，眉目间如果清峻聪明，那就更上一层楼了。女人的智慧足够烧饭洗衣，这是人类的小福。女人开始会打字速记，那是人类的中福。女人能做女教师、女首相，那才是人类的大福。

女人的衣服也大有可观，据可叵研究，一个社会必须包括下列各色衣着，才算美满：

第一是家庭主妇型，其衣服质素，灰灰扑扑，蓝蓝黑黑，毫无款式，只求蔽体实用。这种女人，代表社会中保守稳定的力量，但也只宜有百分之十。

第二是职业妇女型，这类衣着简单大方，高贵而不华美，代表一些新勃起的权力，新分配的财产和新获得的尊严。

第三是烧包贵妇型，这型人虽不宜多，但也必须有，夏纱冬裘虽未必实用，但却十分具体地代表了社会的富厚，以及消费力的壮大。

第四是潇洒不拘型，这种人以牛仔裤为制服，以吉他为配件。一个地区的年轻人如果没有争取到穿这种衣服的自由，大概可以说明老一辈的权威太大，在那个地区想谈现代化，难。

第五是模特儿型，此类人物，衣着光鲜，口口声声追随巴黎，此类女子走起路来把大街当延展台，站在哪里，就把周围的眼睛当摄影机，务必令人摄得最佳镜头——但这种女孩的存在也说明纺织业的起飞，应该聊有数人以资点缀。

第六是改良式模特儿型，此类模特儿一旦停止谈论巴黎，弄些革新的本国服装来穿穿，强调其本土色彩，这个地方的文化水准和自尊心必然高涨了。

第七是作怪型，此类人物力求衣服古怪恶心，这种妖孽在旧社会是绝对不能存在的，但此类人物之见容，正足以说明那是一个有容人之雅的社会。此类人不能多，大约在百分之零点一以下吧！

如果你到一种地方，全国上下都穿着灰不溜丢毫无线条的衣裤，她们全身上下毫无一丝女性气息，你开玩笑问她交不交男朋友，她吓得板着脸说她正在努力为人民服务，没有时间交男朋友——你就知道那地方五十年后还谈不到现代化。

看女人可知天下事，阁下如不信，请拭目观之，便知可叵此话丝毫不爽了。

哲学状的男人

这世间的男人和女人有一件事是一样的：即讨厌的男人很多，讨厌的女人也很多；而且可爱的男人很多，可爱的女人也很多。

此处只讨论讨厌的男人。事实上讨厌的男人分很多类，其中相当讨厌的一种是“冷静的男人”，亦即“哲学状的男人”。

哲学状的男人是怎样的呢?

当年轻美丽的女孩对他说：

“让我们永远相爱吧！”

他却把眼镜一扶，说：

“姑娘，爱情这玩意儿我知道，但‘永远’是什么？”

对于这种男人，女孩子最正确的方法是先赏他一记耳光，然后劝他去读台大或辅仁的哲学研究所。

不过，事实上比这种男人更烦人的还有，那就像英国当今的王储查尔斯先生。他老兄在结婚大典前被记者追着访问，记者问戴安娜：

“你爱查尔斯吗？”

“爱。”

记者又问查尔斯：

“你爱戴安娜吗？”

“唔，”太子做深思状，“那要先看你对爱情的定义。”

唉，唉，这王子真是糟透了。大英帝国气数大约到此为止，才有不肖儿孙会说出这种婆婆妈妈的窝囊话来，连当年那擅长杀老婆的亨利第八和弃位求美人的温莎公爵都比他高明多了。

奉劝天下女人，好男人有好男人的儒雅，坏男人有坏男人的劲道。唯独做哲学状的男人碰不得，否则将来在餐桌上你要学会听：“太太，红烧鱼这玩意我知道，但请问‘饱足’是什么？”

当然，随时像围棋国手做“长考式”的男人并不能算坏人。只是，那不是女人消受得起的，还是让他们属于哲学研究所吧！

女人，和她指甲刀

“要不要买一把小指甲刀？”张小泉剪刀很出名的，站在灵隐寺外，我踌躇，过去看看吧！好几百年的老店呢！

果真不好，其实我早就料到，旅行在外，你要把自己武装好，以免因失望太多而生病。

回到旅馆，我赶紧找出自己随身带的那只指甲刀来剪指甲，虽然指甲并不长，但我急着重温一下这把好指甲刀的感觉。

这指甲刀买了有十几年了，日本制，在香港买的，约值二百台币，当时倒是狠一下心才买的。用这么贵的价钱买一只小小的指甲刀，对我而言，是介乎奢华和犯罪之间的行为。

刀有个小纸盒，银色，盒里垫着蓝色的假丝绒，刀是纯钢，造型利落干净。我爱死了它。

十几年来，每个礼拜，或至多十天，我总会跟它见一次面，接受它的修剪。这种关系，也该算作亲密了，想想看，十几年哪——有好些婚姻都熬不了这么久呢！

我当时为什么下定决心要买这只指甲刀呢？事情是这样的，平常家里大概总买十元一只的指甲刀，古怪的是，几乎随买随掉。等孩子长到自己会剪指甲年龄，情况更见严重，几乎每周掉一只，问丈夫，他说话简直玄得像哲学，他说："没有掉，只是一时找不着了。"

我有时有点绝望，仿佛家里出现了"神秘百慕大"，什么东西都可以自动销匿化烟。

幼小的时候看人家登离婚广告，总是写"我俩意见不合"，便以为夫妻吵架一定是由于"意见不合"。没想到事情轮到自己头上，全然不是那么回事，我们每次吵架，原因都是"我俩意见相同"，关于掉指甲刀的事也不例外。

"我看一定是你用完就忘了，放在你自己的口袋里了。"

每次我这样说他的时候，他一定做出一副和我意见全然一致的表情：

"我看一定是你用完就忘了，放在你自己的口袋里了。"

掉刀的事，终于还是不了了之。

我终于决定让自己拥有一件"完完全全属于我自己的东西"。

婚姻生活又可爱又可怕，它让你和别人“共享”，“共享”的结果是：房子是二人的，电话是二人的，筷子是大家的，连感冒，也是有难同当。

唉！

我决定自救，我要去买一把指甲刀给自己，这指甲刀只属于我，谁都不许用！以后你们要掉刀是你们的事！

我要保持我的指甲刀不掉。

这几句话很简单，但不知为什么我每次企图说服自己的时候，都有小小的罪疚感。还好，终于，有一天，我把自己说服了，把刀买了，并且鼓足勇气向其他三口家人说明。

我珍爱我的指甲刀，它是我在婚姻生活里唯一一项“私人财产”。

深夜，灯下，我剪自己的指甲，用自己的指甲刀，我觉得幸福。剪指甲的声音柔和清脆，此刻我是我，既不妻，也不母，既不贤，也不良，我只是我。远方，仍有一个天涯等我去行遍。

女子层

十年前的事了。

为了去看富士山顶的高山湖泊，我先到东京落脚一夜。旅行社为我订了一家旅店，我去柜台报到的时候，那职员忽然问我：

“你一个人吗？”

我说是。

“你在东京有没有男朋友？”

我大吃一惊，怎么这种事也在询问之列？多礼的日本职员怎会这样问话？而且，我也不确定他所谓的“男朋友”是什么意思。

“我……，我有朋友……那朋友是男的。”

我在东京本来一个鬼也不认识，但临行有位热心的朋友听说我居然只身旅行，偏要介绍他的一位日本朋友给我，怕我万一有事流落异邦，可有处投靠。我告诉旅馆职员的“男朋友”，便指此人而言。

那职员大概也明白，我被他搞糊涂了。

“这样说吧，如果他来见你，你们在哪里见面？”

“在廊厅呀！”

“他不用进你房间？”

“不用。”

我忍住笑，我带进房间干什么？朋友介绍他这朋友给我，原是供我作“备用救生员”的，我带他进房间干什么？神经病！

“好，这样的话，”他的表情豁然开朗了，“你可以住在我们的女子层，女子层里比较自由，男人不可以上女子层。女子层里全是女子。”

我算得上是个五湖四海乱跑的人，什么旅馆也算都见识过了，但这家旅店的这种安排我竟没见过，不得不承认这构想新奇有趣。

上得楼来，入眼四壁全是浅浅的象牙粉红（有点像台北故宫为了配合最近展出罗浮宫名画而髹漆的粉色），心情不禁一振，觉得有一种被体贴被礼遇被爱宠的感觉。

至于浴室里的陈设虽然无非是洗发精、沐浴乳，但都精致巧美，看来竟像细心的妈妈为远归的女儿预备的。至于床罩、枕头、梳妆品和室内布置其温馨旖旎处就不必一一细说了。

不过，令我印象最深刻的却不是这些，而是在床头柜上放着的那本装订考究的日记册子。册子厚厚的，里面写满房客留下的一鳞半爪。我不识日文，没办法完全看懂那些有缘和我住同一间房睡同一张床的女孩子的心声，但仗着日记里有些汉字，我也多少读懂了一点。

例如有个女孩说，那天是她生日，她一人身在旅邸，想起父母亲友之恩，内心深为感激。也有的说，有幸一憩此屋，不胜欣喜。也有的讲些人生感怀。虽然并不是什么高言大智，但一一自有其芳馨的手泽。

那光景，竟有些像住在天主教的女子中学宿舍里，美丽的女儿国，男人还未曾在生命中出现，女孩儿彼此悄声细语，谈些心事。至于那情感特别相投的，就彼此交换日记来看，那里面有一种情逾姊妹的亲热。

我后来旅行他地，也不曾看过类似的旅馆，所以对它十分怀念。你当然可以讥笑他们用象牙粉红来讨好女性未免太肤浅，但毕竟这其间有一份心，而身为女子，对对方“有一份心”的事是不会忘恩的。

我真的很怀念那家旅馆的女子空间。

霜橘

玖：

很多日子以来一直在盘算着要写封信给你。或许就因为太慎重，反而使我不敢着笔了。记得夏天时我们曾有过一夕长谈，而现在已是萧瑟的冬日了。那时候，你手里拿着一本书，书里夹着许多花瓣儿，而今呢？你的本子里却又夹着些什么呢？可否就把我这封信当作一片小小的落英？让它夹在一本看不见的版册中。当你翻阅时，它就在不经意的一瞥中怡悦你。

现在，我还能记得那夜我们在校园里。夜很深，到处都是露水。我们只好站着，绕一池睡莲漫步，你对我谈到你的痛苦，我谛听着，忽然想起一位长者的话——痛苦，是这世界的土产——玖，如果你原谅我的话，我要说，我在你的痛苦里意味出幸福的成分。玖，你想，一个年轻美丽而又聪明无虞的女孩子，在诗意的月夜里，诉说一种诗意的痛苦。严格地说，那又算什么呢？

你曾否想象过漫天烽火的战场，在那里，最悲惨的屠杀正进行着。许多母亲的儿子，许多妻子的丈夫在血泊中栽倒，他们的尸身在腐烂、生虫。你曾否目睹令人心酸的孤儿，在饥寒中啼哭，不知命运要为他安排一个痛苦的死亡或是一个痛苦的生存。你曾否进入许多不蔽风雨的屋子，那里有贫病交迫的一家在痛苦中残喘苟活。你曾否遇见许多饱学之士，竟至于穷途潦倒，三餐不继，抑郁终生。玖，你知道吗？我敢说，你简直忘了世界上还有那一等人，或者，你根本没想过那种惊心动魄的痛苦，那种深沉的、恨不得撕裂自己的痛苦。因为你太年轻，太不经事，你只知道闲愁闷气，你根本什么都没有了解啊！

当然你可以赌气，说："我情愿像他们，我情愿死，我也不要像我自己。"但，我告诉你，如果我在未来的年代中，不蒙受贫穷、病痛、死亡、离别、顿蹇的阴影，而单单只受你所受的那种痛苦，我就要说，我是幸福的了。

现在，且把你所谓的误会欺诈和谗言也算作一种痛苦吧，果真如此，你也不算孤单，只要是人，没有一位不曾被恶言中伤过的——即便是神，也不能免于诟骂。记得那个古老的故事吗？在伊甸园里蛇怎样向夏娃进攻呢？他毁谤上帝——它成功了，错误的历史便以此为起点而写下去。你翻开课本看看吧！苏格拉底被认为是蛊惑青年的罪人。终于在群众面前饮鸩而死，有谁知道他寻求真理的诚实？孔子被误会作求官的政客，甚至隐士们也用暧昧的话讽劝他，有谁了解他“知其不可而为之”的热忱？耶稣被人控告为煽惑群众的暴动者，被悬挂在强盗中间钉死，有谁体会他舍身救人的苦心？人类史上充满荒谬的例子。人们永远虐待着伟大的先知先见，直到他们尸骨成灰的时候，人们的子孙才开始推崇他，为他修建美丽的坟墓。玖，所以每当有人嘲诮我，有意无意地用言语伤害我，我总是沉静下来，心里充满神圣而肃穆的感觉。玖，当我身受先圣们痛苦的一部分，当我戴上这顶曾经刺伤过他们的荆棘冠，我就觉得我更接近他们，更像他们，更分沾了他们的荣耀。

玖，如果我们真能了解一点人生，好好去揣测一点人性，我们就知道，我们没有资格不被批评，既然比我们伟大、比我们圣洁的人都曾受人误会、被人毁谤，我们又凭什么希望能幸免？我们生存在一群以闲话为副食品的人中，注定了就要成为话题的。那么，又何足介意？我小的时候，有人向我解释长舌妇的意义，总以为造谣生事的都是女人，其实男人也会如此的。古来，在皇帝面前进谗言的宦官奸臣都不是女人，而比较高雅有修养的男士，虽然不议论时人，却免不了要转个目标论断古人一番的。把历代人物是非拨过来、讲过去，无非只想发泄一下。所以，当他们得意的时候，当他们不得意的时候，乃至当他们无聊的时候，总不免要谈论人的——尤其是谈论女孩子。玖，你又怎能厚非他们呢？他们连自己做了什么也不晓得呢！

当然，人之论人难免有伤敦厚的地方，而且大多数的时候也有失真实。这有什么办法呢？人心不古，由来已久，而且我怀疑大概从来也没有“古”过。此外，即使别人无心造谣，无心轻薄，但是由于不充分的了解，总难免说些令人伤心的话。人何尝了解别人呢？许多艺术家在生前被视为疯狂，死后却又被奉为天纵之才，他们精心的杰作早已湮没，随手画在桶底的画儿却能价值连城——他们何尝被了解呢？又有许多文人在饿死了好些年以后忽然被人传诵了，但传诵的却又是些什么呢？陆放翁题诗无数，被人喜好的却是《钗头凤》一词。李义山空灵哀艳为晚唐诗宗，人们却只爱猜测那几首无题诗是送给谁的——他们又何尝被认识呢？至于一首《菩萨蛮》是否李白所写，千年来不知经过多少议论。一首《生查子》把朱淑真弄得身败名裂，却又有人说作者其实是欧阳修。人们何尝能了解事实的真相呢？人们何尝知道别人的深度呢？他们只是凭一时喜好，想怎样说就怎样说罢了。连昭然有名的历史人物，连堂堂正正的学术问题，他们也任意评说，那么，你我又算什么呢？

其实人们何止不了解别人呢？人连自己也很少了解的。泰戈尔说：“人不能看到自己，你看见的只是自己的影子。”真的，我们只看到一个经过整修和装饰的影子。那么，又何必一定要苛求别人了解我们，用丝毫不差的尺度衡量我们？而且，玖，想想吧，在这个悲惨的时代里有多少悲惨的命运。对于伤风的人，你总会原谅他打喷嚏的。那么，如果你能体恤一些痛苦烦躁而病态的心灵，你就不再介意他的毁谤了。玖，他是不得已的。他又何尝不希望做一个快乐的人呢？他何尝不明白说人闲话的无聊呢？他是身不由己的。如果你我站在他所立的地位上，处在他所受的煎熬中，玖，也许我们比他更坏上无数倍呢！所以，玖，原谅别人总是对的。饶恕是光，在肯饶恕的地方就有光明和欢愉。在黑茫茫的旷野中，饶恕如灯——先将自己的小屋照得通亮，然后又及于他人。玖，你的窗内常散出柔和的灯光吗？

再者，往宽慰的地方想，你可以用那个父子骑驴的故事——反正你怎么做都不会令所有的人满意的。那么，就漠视那些不值一顾的挑剔话吧！如果我们企图努力圆滑、努力迎合每一个人，那又何苦呢？我们的父母不是为那些人而养育我们的。我们生存在世，自有我们独立的意义，我们做我们认为合宜的事，我们想我们认为正确的思想，我们只对上帝负责。

当然，很可能有时候错误确实在我。那又何妨呢？一个能承认错误的人绝对比论断错误的人高贵。我曾自一本书上看到一段话，令我终生不忘。当那位作者因为愤慨别人对她的不当批评而致信友人，她的朋友竟这样回复她："如果我听到有人这样讲我，我就要说：'是啊！朋友，但你说得还不到我一半坏呢！'"玖，如果我们不过分自高，我们将会发现我们并不如自己所想象的那么完善，那么无懈可击。人活在世上如果只有爱护我们的朋友，而没有菲薄我们的敌人，未始不是一种危险呢！

那么，综合看来，批评到底给了我们什么伤害呢？什么也没有啊！如果我们是被冤枉的，我们仍然有心安理得的快乐。如果我们真正错了，也正可闻过而喜。如果我们的名誉被破坏，以致某些人冷落我们，那就罢了，因为那些人本来就不是我的朋友。至于我们真正的朋友，如果听到了那些言语，反而会更爱护我们，更护卫我们的。事实和时间会说明一切。将来我们这一代都要过去，都要成为陈迹。在悠久漫长的光年宇宙里，我们小小的闲愁闷气显得可怜而又可笑。

既然如此，玖，对我们来说没有一件事是不好的，没有一件事的发生是不值得快乐的，当台风过境后不要说："我失去我的剑兰了。"你可以说："我有一个好机会清扫我的院子了，否则的话我也许永远想不起来这件事。"如果你丢失了十块钱，不要叹息你破了财，你仍然可以快活地说："多么好，让我得到一个必须要谨慎的教训，这个教训比许多金子都宝贵呢！如果我现在不曾学会谨慎，也许将来我会因此丢掉我的性命呢！"所以，当谣言弥漫的时候，不要认为你将受害了，你仍能因此受益的。不要躲避那块粗粝的石头，如果你敢于正视它、剖析它，或许你可以从其中得到意想不到的璧玉呢！

记得好些年前，我偶然看到一本很有名的字帖。那是王羲之的《奉橘帖》，使我为之神驰良久，那上面的字句极美："奉橘三百枚，霜未降，未可多得。"我极喜欢那古意盎然的旧纸。那飘潇自如的字体。但渐渐地，我更欣赏那简捷的文句，向往那份淡远的友谊。

而如今，年事渐长，我开始领悟一种更深的意义了。那是一个假日的下午，我坐在一位教授家中一面谈天，一面剥着橘子。他吃了一口，对我说："不甜，现在还没有降霜，橘子是不会甜的。"我就忽然想起王羲之的《奉橘帖》来了，又想起我自己。更觉得我所有的果实都还是生硬而酸涩的。因为我们太少有经历，太少有折磨了。我们太脆弱，我们简直不配承受霜雪。

玖，在这草木零落的季节，我的心禁不住要反复地想着那甘甜多汁的霜橘。玖，何不把某些令你不快的遭遇视作薄薄的飞霜呢？霜降以后，我们生命中每一颗果实都会成为饱满而甜蜜的了。

晨星寥落，天是快要亮了。浓雾在窗外牵扯着，拥挤着，似乎要破窗而入。玖，经验告诉我，早晨有雾的日子必然是晴天。我的心突然兴奋起来，今天一定是个多阳光的日子了！玖，我愿我早期的生命中也充满瞬息即散的浓雾——这种迷离和寒冷是可以忍受的，因为光耀而漫长的白昼就要来了！

何不把某些令你不快的遭遇视作薄薄的飞霜呢？霜降以后，我们生命中每一颗果实都会成为饱满而甜蜜的了。

第三辑

秋千上的女子

使她们愉悦的是春天，是身体在高下之间摆荡的快意，而不是男人。

唐代最幼小的女诗人

她的名字？哦，不，她没有名字。我在翻全唐诗的时候遇见她，她躲在不起眼的角落，小小一行。

然而，诗人是不需要名字的，《击壤歌》是谁写的？那有什么重要？“关关雎鸠”的和鸣至今回响，任何学者想为那首诗找作者，都只是徒劳无功罢了。

也许出于编撰者的好习惯，她勉强也有个名字。在全唐诗两千二百个作者群里，她有一个可以辨识的记号，她叫“七岁女子”。

七岁，就会写诗，当然很天才，但这种天才，不止她一个人，有一个叫骆宾王的，也是个小天才，他七岁那年写了一首咏鹅的诗，很传诵一时：

鹅　鹅　鹅
曲项向天歌
白毛浮绿水
红掌拨清波

骆宾王后来列名初唐四杰，算是混出名堂的诗人。但这号称“七岁女子”的女孩，却再没有人提起她，她也没有第二首诗传世。

几年前，我因提倡“小学生读古典诗”，被编译馆点名为编辑委员，负责编写给小学孩子读的古诗。我既然自己点了火，想脱逃也觉不好意思，只好硬着头皮每周一次去上工。

开编辑会的时候，我坚持要选这个小女孩的诗，其他委员倒也很快就同意了。全唐诗四万八千首，全宋诗更超越此数，中国古典诗白纸黑字印出来的，我粗估也有三十万首以上（幸亏，有些人的诗作亡佚消失了，像宋代的杨万里，他本来一口气便写了两万多首，要是人人像他，并且都不失传，岂不累死后学），在如此丰富的诗歌园林里无论怎样攀折，都轮不到这朵小花吧？

但其他委员之所以同意我，想来也是惊讶疼惜作者的幼慧吧？最近这本书正式出版，我把自己为小孩写的这首诗的赏析录在此处，聊以表示我对一个女子在妻职母职中逝去的天才的哀惋和敬意。

大殿上，武则天女皇帝面向南方而坐，她的衣服华丽，如同垂天的云霞，她的眉眼轻扬，威风凛凛。

远远有个小女孩走进大殿上，她很小，才七岁，大概事先有人教过她，她现在正规规矩矩低着头，小心地往前走去。比起京城一带的小孩，她的皮肤显得黑多了，而且黑里透红，光泽如绸缎，又好像刚才游完泳，才从水里爬上来似的。

女皇帝脸上露出微笑，她想：这个可爱的，来自广东的南方小孩，我倒要来试试她。中国土地这么大，江山如此美丽，每一个遥远的角落里，都可能产生了不起的天才。

“听说你是个小天才呢！那么，吟一首诗，你会不会？我来给你出个题目——《送兄》，好不好？

女孩立刻用清楚甜脆的声音吟出她的诗来：

送　兄

别路云初起

离亭叶正飞

所嗟人异雁

不作一行归

翻成白话就是这样：

哥哥啊！

这就是我们要分手的大路了

云彩飞起

路边有供旅人休息送别的凉亭

亭外，是秋叶在飘坠

而我最悲伤叹息的就是

人，为什么不能像天上的大雁呢

大雁哥哥和大雁妹妹总是排得整整齐齐

一同飞回家去的啊！

女皇帝一时有点呆住了，在那么遥远的南方，也有这样出口成章的小小才女，真是难得啊！于是她把小女孩叫到身边来，轻轻握住小女孩的手，仔细看小女孩天真却充满智慧才思的眼睛，她仿佛看到一个活泼的、向前的，而又光华灿烂的盛唐时代即将来临。

遇

——遇者，不期而会也（《论语义疏》）

一

生命是一场大的遇合。

一个民歌手，在洲渚的丰草间遇见关关和鸣的雎鸠，——于是有了诗。

黄帝遇见磁石，蒙恬初识羊毛，立刻有了对物的惊叹和对物的深情。

牛郎遇见织女，留下的是一场恻恻然的爱情，以及年年夏夜，在星空里再版又再版的永不褪色的神话。

夫子遇见泰山，李白遇见黄河，陈子昂遇见幽州台，米开朗基罗在混沌未凿的大理石中预先遇见了少年大卫，生命的情境从此就不一样了。

就不一样了，我渴望生命里的种种遇合，某本书里有一句话，等我去读、去拍案。田间的野老，等我去了解、去惊识。山风与发，冷泉与舌，流云与眼，松涛与耳，他们等着，在神秘的时间的两端等着，等着相遇的一刹—— 一旦相遇，就不一样了，永远不一样了。

我因而渴望遇合，不管是怎样的情节，我一直在等待着种种发生。

人生的栈道上，我是个赶路人，却总是忍不住贪看山色。生命里既有这么多值得驻足的事，相形之下，会不会误了宿头，也就不是那样重要的事了。

二

菲律宾机场意外地热，虽然，据说七月并不是他们最热的月份。房顶又低得像要压到人的头上来，海关的手续毫无头绪，已经一个钟头过去了。

小女儿吵着要喝水，我心里焦烦得要命，明明没几个旅客，怎么就是搞不完。我牵着她四处走动，走到一个关卡，我不知道能不能贸然过去，只呆呆地站着。

忽然，有一个皮肤黝黑、身穿镂花白衬衫的男人，提着个 007

的皮包穿过关卡，颈上一串茉莉花环。看他的样子不像是中国人。

茉莉花是菲律宾的国花，串成儿臂粗的花环白盈盈的一大嘟噜，让人分不出来是由于花太白，白出香味来了，还是香太浓，浓得凝结成白色了。

而作为一个中国人，无论如何总霸道地觉得茉莉花是中国的，生长在一切前庭后院，插在母亲鬓边，别在外婆衣襟上，唱在儿歌里的：

“好一朵美丽的茉莉花……”

我搀着小女儿的手，凝望着那花串，一时也忘了溜出来是干什么的。机场不见了，人不见了，天地间只剩那一大串花，清凉的茉莉花。

“好漂亮的花！”

我不自觉地脱口而出。用的是中文，反正四面都是菲律宾人，没有人会听懂我在喃喃些什么。

但是，那戴花环的男人忽然停住脚，回头看我，他显然是听懂了。他走到我面前，放下皮包，取下花环，说：

“送给你吧！”

我愕然，他说中国话，他竟是中国人，我正惊诧不知所措的时候，花环已经套到我的颈上来了。

我来不及地道了一声谢，正惊疑间，那人已经走远了。小女儿兴奋地乱叫：

“妈妈，那个人怎么那么好，他怎么会送你花的呀？”

更兴奋的当然是我，由于被一堆光璨晶射的白花围住，我忽然自觉尊贵起来，自觉华美起来。

我飞快地跑回同伴那里去，手续仍然没办好，我急着要告诉别人，愈急愈说不清楚，大家都半信半疑以为我开玩笑。

“妈妈，那个人怎么那么好，他怎么会送你花的呀？”小女儿仍然誓不甘休地问。

我不知道，只知道颈间胸前确实有一片高密度的花丛，那人究竟是感动于乍听到的久违的乡音？还是简单地想“宝剑赠英雄”，把花环送给赏花人？还是在我们母女携手处看到某种曾经熟悉的眼神？我不知道，他已经匆匆走远了，我甚至不记得他的面目，只记得他温和的笑容，以及非常白非常白的白衫。

今年夏天，当我在南部小城母亲的花圃里摘弄成把的茉莉，我会想起去夏我曾偶遇到一个人，一串花，以及魂梦里那圈不凋的芳香。

三

那种树我不知道是黄槐还是铁刀木。

铁刀木的黄花平常老是簇成一团，密不通风，有点滞人，但那种树开的花却松疏有致，成串地垂挂下来，是阳光中薄金的风铃。

那棵树被圈在青苔的石墙里，石墙在青岛西路上。这件事我已经注意很久了。

我真的不能相信在车尘弥天的青岛西路上会有一棵那么古典

的树，可是，它又分明在那里，它不合逻辑，但你无奈，因为它是事实。

终于有一年，七月，我决定要犯一点小小的法，我要走进那个不常设防的柴门，我要走到树下去看那交枝错柯美得逼人的花。一点没有困难，只几步之间，我已来到树下。

不可置信的，不过几步之隔，市声已不能扰我，脚下的草地有如魔毯，一旦踏上，只觉身子腾空而起，霎时间已来到群山清风间。

这一树黄花在这里进行说法究竟有多少夏天了？冥顽如我，直到此刻直橛橛地站在树下仰天，才觉万道花光如当头棒喝，夹脑而下，直打得满心满腔一片空茫。花的美，可以美到令人恢复无知，恢复无识，美到令人一无依恃，而光裸如赤子。我敬畏地望着那花，哈，好个对手，总算让我遇上了，我服了。

那一树黄花，在那里说法究竟有多少夏天了？

我把脸贴近树干，忽然，我惊得几乎跳起来，我看到蝉壳了！土色的背上一道裂痕，眼睛部分晶凸出来，那样宗教意味的蝉的遗蜕。

蝉壳不是什么稀罕东西，但它是我三十年前孩提时候最爱捡拾的宝物，乍然相逢，几乎觉得是神明意外的恩宠。它轻轻一拨，像拨动一座走得太快的钟，时间于是又回到混沌的子时，三十年的人世沧桑忽焉消失，我再度恢复为一个一无所知的小女孩，沿着清晨的露水，一路去剥下昨夜众蝉新蜕的薄壳。

蝉壳很快就盈握了，我把它放在地下，再去更高的枝头剥取。

小小的蝉壳里，怎么会容得下那长夏不歇的鸣声呢？那鸣声是渴望？是欲求？是无奈的独白？

是我看蝉壳，看得风多露重，岁月忽已晚呢？还是蝉壳看我，看得花落人亡，地老天荒呢？

我继续剥更高的蝉壳，准备带给孩子当不花钱的玩具。地上已经积了一堆，我把它背上裂痕贴近耳朵，一一于未成音处听长鸣。

而不知什么时候，有人红着眼睛从甬道走过。奇怪，这是一个什么地方？青苔厚石墙，黄花串珠的树，树下来来往往悲泣的眼睛？

我探头往高窗望去，香烟缭绕而出，一对素烛在正午看来特别黯淡的室内跃起火头。我忽然警悟，有人死了！然后，似乎忽然间我想起，这里大概就是台大医院的太平间了。

流泪的人进进出出，我呆立在一堆蝉壳旁，一阵当头笼罩的黄花下。忽然觉得分不清这三件事物，死，蝉壳以及正午阳光下亮得人目眩的半透明的黄花。真的分不清，蝉是花？花是死？死是蝉？我痴立着，不知自己遇见了什么？

我后来仍然日日经过青岛西路，石墙仍在，我每注视那棵树，总是疑真疑幻。我曾有所遇吗？我一无所遇吗？当树开花时，花在吗？当树不开花时，花不在吗？当蝉鸣时，鸣在吗？当鸣声消歇，鸣不在吗？我用手指摸索着那粗粝的石墙，一面问着自己，一面并不要求回答。

然后，我越过它走远了。

然后，我知道那种树的名字了，叫阿勃拉，是从梵文译过来的，英文是 golden shower，怎么翻呢？翻成金雨阵吧！

梅妃

梅妃，姓江名采蘋，莆田人，婉丽能文，开元初，高力士使闽越选归，大见宠幸，性爱梅，帝因名曰梅妃，迨杨妃入，失宠，逼迁上阳宫，帝每念之。会夷使贡珠，乃命封一斛以赐妃，不受，谢以诗，词旨凄婉，帝命入乐府，谱入管弦，名曰一斛珠。

梅妃，我总是在想，你是一个怎样的女人。

当三千白头宫女闲坐说天宝年的时候，当一场大劫扼死了杨玉环，老衰了唐明皇，而当教坊乐工李龟年（那曾经以音乐摇漾了沉香亭繁红艳紫的牡丹的人啊）流落在江南的落花时节里，那时候，你曾怎样冷眼看长安。

梅妃，江采蘋，你是中国人心中渴想得发疼的一个愿望，你是痛苦中的美丽，绝望时的微焰，你是庙堂中的一只鼎，鼎上的一缕烟，无可依凭，却又那样真实，那样天恒地久地成为信仰的中心。

曾经，唐明皇是你的。

曾经，唐明皇是属于“天宝”年号的好皇帝。

曾经，满园的梅花连成芳香的云。

但，曾几何时，杨玉环恃宠入宫，七月七日长生殿，信誓旦旦的轻言蜜语，原来是可以戏赠给任何一只耳膜的，春风里牡丹腾腾烈烈煽火一般地开着，你迁到上阳宫去了，那里的荒苔凝碧，那里的垂帘寂寂。再也没有宦官奔走传讯，再也没有宫娥把盏侍宴，就这样忽然一转身，检点万古乾坤，百年身世，唯一那样真实而存在的是你自己，是你心中那一点对生命的执着。

士为知己者死，知己者若不可得，士岂能不是士?

女为悦己者容，悦己者若不可遇，美丽仍自美丽。

是王右丞的诗，“涧户寂无人，纷纷开且落”。宇宙中总有亿万种美在生发，在辉灿，在完成，在永恒中镌下他们自己的名字。不管别人知道或不知道，别人承认或不承认。

日复一日，小黄热心地走告：

那边，杨玉环为了掩饰身为寿王妃的事实，暂时出家做女道士去了，法名是太真。

那边，太真妃赐浴华清池了。

那边，杨贵妃编了霓裳羽衣舞了。

那边，他们在春日庭园小宴中对酌。

那边，贵妃的哥哥做了丞相。

那边，贵妃的姐姐封了虢国夫人，她骑马直穿宫门。

那边，盛传着民间的一句话：“男不封侯女作妃，看女却为门上楣。”

那边，男贪女爱。

那边……

而梅妃，我总是在想，你是一个怎样的女人？

那些故事就这样传着，传着，你漠然地听着，两眼冷澈灿霜，如梅花。你隐隐感到大劫即将来到，天宝年的荣华美丽顷刻即将结束，如一团从锦缎上拆剪下来的绣坏了的绣线。

终有一年，那酡颜会萎落在尘泥间，孽缘一开头便注定是悲剧。

有一天，明皇命人送来一斛明珠，你把珠子倾出，漠然地望着那一堆滴溜溜的浑圆透亮的东西，忽然觉得好笑。

你曾哭过，在刚来上阳宫的日子，那些泪，何止一斛明珠呢？情不可依，色不可恃，现在，你不再哭了，人总得活下去，人总得自己撑起自己来，你真的笑了。拿走吧，你吩咐来人，布衣女子，也可以学会拒绝皇帝的，我们曾经真诚过，正如每颗珍珠都曾莹洁闪烁过，但也正如明珠一样，它是会发黄黯败的，拿回去吧，我恨一切会变质的东西。

拿走吧，梅花一开，千堆香雪中自有万斛明珠，拿走吧，后宫佳丽三千，谁不想分一粒耀眼生辉的玩意。

而小鬟，仍热心地走告。

那边……

事情终于发生了。

渔阳鼙鼓动地而来，唐明皇成了落荒而逃的皇帝，故事仍被絮絮叨叨地传来：

六军不发，明皇束手了。

杨国忠死了。

杨贵妃也死了——以一匹白练——在掩面无言的皇帝之前。

杨贵妃埋了，有个老太婆捡了她的袜子，并且靠着收看客的钱而发了财（多荒谬离奇的尾声）。

唐明皇回来了，他不再是皇帝，而是一个神经质的老人。

天宝的光荣全被乱马踏成稀泥了。

而冬来时，梅妃，那些攘千臂以擎住一方寒空的梅枝，肃然站在风里，恭敬地等候白色的祝福。

谢尽了牡丹，闹罢了笙歌，梅妃，你的梅花终于开了，把冰雪都感动得为之含香凝芬的梅花。

在春天的二十四番花信风之后，在夏荷秋菊之后，像是为争最后一口气，它傲然地开在那里——可是它又并不跟谁争一口气，它只是那样自自然然地开着，仿佛天地山川一样怡然，你于是觉得它就是该在那里的，大地上没有梅花才反而是一件不可思议的事。

邀风、邀雪、邀月，它开着，梅妃，天宝年和天宝年的悲剧会过去，唯有梅花，将天恒地久地开着。

卓文君和她的一文铜钱

下午的阳光意外地和暖，在多烟多嶂的蜀地，这样的冬日也算难得了。

药香微微，炉火上氤氲着朦胧的白雾。那男子午寐未醒，一只小狗偎着白发妇人的脚边打盹。

这么静。

妇人望着榻上的男子，这个被“消渴之疾”所苦的老汉（按：古人称糖尿病为消渴之疾），他的手脚细瘦，肤色黯败，她用目光爱抚那衰残的躯体。

一生了，一生之久啊！

“这男人是谁呢？”老妇人卓文君支颐倾视自问。

记忆里不曾有这样一副面孔，他的头发已秃，颈项上叠着像骆驼一般的赘皮。他不像当年的才子司马相如，倒像司马相如的父亲或祖父。年轻时候的司马虽非美男子，但肌肤坚实，顾盼生姿，能将一把琴弹得曲折多情如一腔幽肠。他又善剑，琴声中每有剑风的清扬袅健。又仿佛那琴并不是什么人制造的什么乐器，每根琴弦，一一都如他指尖泻下的寒泉翠瀑，琤琤琮琮，淌不完的高山流水，谷烟壑云。

犹记得那个遥远的长夜，她新寡，他的琴声传来，如荷花的花苞在中宵柔缓拆放，弹指间，一池香瓣已灿然如万千火苗。

她选择了那琴声，冒险跟随了那琴声，从父亲卓王孙的家中逃逸。从此她放弃了仆从如云、挥金如土的生涯。她不觉乍贫，狂喜中反觉乍富，和司马长卿相守，仿佛与一篇繁富典丽的汉赋相厮缠，每一句，每一逗，都华艳难踪。

啊，她永远记得的是那倜傥不群的男子，那用最典赡的句子记录了一代大汉盛世的人——如果长卿注定是记录汉王朝的人，她便是打算用记忆来网罗这男子一生的人。

而这男子，如今老病垂垂，这人就是那人吗？有什么人将他偷换了吗？卓文君小心地提起药罐，把药汁滤在白瓷碗里，还太烫，等一下再叫他起来喝。

当年，在临邛，一场私奔后，她和爱胡闹的长卿一同开起酒肆来。他们一同为客人沽酒、烫酒，洗杯盏，长卿穿起工人裤，别有一种俏皮。开酒肆真好，当月光映在酒卮里，实在是世间最美丽的景象啊！可惜酒肆在父亲反对下强迫关了，父亲觉得千金小姐卖酒是可耻的。唉！父亲却从来不知卖酒是那么好玩的事啊！酒肆中觥筹交错，众声喧哗，糟曲的暖香中无人不醉——不是酒让他们醉，而是前来要买它一醉的心念令他们醉。

想着，她站起来，走到衣箱前，掀了盖，掏摸出一枚铜钱，钱虽旧了，却还晶亮。她小心地把铜钱在衣角拭了拭，放在手中把玩起来。

这是她当年开酒肆卖出第一杯酒的酒钱。对她而言，这一钱胜过万贯家财。这一枚钱一直是她的秘密，父亲不知，丈夫不知，子女亦不知。珍藏这一枚钱其实是珍藏年少时那段快乐的私奔岁月。能和当代笔力最健的才子在一个垆前卖酒，这是多么兴奋又多么扎实的日子啊！满室酒香中盈耳的总是歌，迎面的都是笑，这枚钱上仿佛仍留着当年的声纹，如同冬日结冰的池塘长留着夏夜蛙声的记忆。

酒肆遵父命关门的那天，卓王孙送来仆人和金钱。于是，她知道，这一切逾轨的快乐都结束了。从此她仍将是富贵人家的妻子，而她的夫婿会挟着金钱去交游，去进入上流社会，会以文字干禄。然后，他会如当年所期望的，乘“高车驷马”走过升仙桥。然后，像大多数得意的男子那样，娶妾。他不再是一个以琴挑情的情人。

事情后来的发展果真一如她所料，有了功名以后，长卿一度想娶一位茂陵女子为妾（啊！身为蜀人，他竟已不再爱蜀女，他想娶的，居然是京城附近的女子），文君用一首《白头吟》挽回了自己的婚姻——对，挽回了婚姻，但不是爱情。

> 皑如山上雪，皎若云间月。
> 闻君有两意，故来相决绝。
> ……
> 凄凄复凄凄，嫁娶不须啼。
> 愿得一心人，白头不相离。

“一心人”？世上有那一心一意的男人吗？

药凉了，可以喝了，她打算叫醒长卿，并且下定决心继续爱他。不，其实不是爱他，而是爱属于她自己的那份爱！眼前这衰朽的形体，昏眊的老眼，分明已一无可爱，但她坚持，坚持忠贞于多年前自己爱过的那份爱。

把铜钱放回衣箱一角，下午的日光已翳翳然，卓文君整发敛容，轻声唤道：

“长卿，起来，药，熬好了。”

许士林的独白

——献给那些暌违母颜比十八年更长久的天涯之人

驻马自听

我的马将十里杏花跑成一掠眼的红烟，娘！我回来了！

那尖塔戳得我的眼疼，娘，从小，每天，它嵌在我的窗里，我的梦里，我寂寞童年唯一的风景，娘。

而今，新科的状元，我，许士林，一骑白马，一身红袍来拜我的娘亲。

马踢起大路上的清尘，我的来处是一片雾，勒马蔓草间，一垂鞭，前尘往事，都到眼前。我不需有人讲给我听，只要溯着自己一身的血脉往前走，我总能遇见你，娘。

而今，我一身状元的红袍，有如十八年前，我是一个全身通红的赤子，娘，有谁能撕去这袭红袍，重还我为赤子？有谁能抟我为无知的泥，重回你的无垠无限？

都说你是蛇，我不知道，而我总坚持我记得十月的相依，我是小渚，在你初暖的春水里被环护，我抵死也要告诉他们，我记得你乳汁的微温。他们总说我只是梦见，他们总说我只是猜想，可是，娘，我知道我是知道的，我知道你的血是温的，泪是烫的，我知道你的名字是“母亲”。

而万古乾坤，百年身世，我们母子就那样缘薄吗？才甫一月，他们就把你带走了。有母亲的孩子可聆母亲的音容，没母亲的孩子可依向母亲的坟头，而我呢，娘，我向何处破解恶狠的符咒？

有人将中国分成江南江北，有人把领域划成关内关外，但对我而言，娘，这世界被截成塔底和塔上。塔底是千年万世的黝黑浑沌，塔外是荒凉的日光，无奈的春花和忍情的秋月……

塔在前，往事在后，我将前去祭拜，但，娘，此刻我徘徊伫立，十八年，我重溯断了的脐带，一路向你泅去，春阳暖暖，有一种令人没顶的怯惧，一种令人没顶的幸福。塔牢牢地楔死在地里，像以往一样牢，我不敢相信你驮着它有十八年之久，我不能相信，它会永永远远镇住你。

十八年不见，娘，你的脸会因长期的等待而萎缩干枯吗？有人说，你是美丽的，他们不说我也知道。

认取

你的身世似乎大家约好了不让我知道，而我是知道的，当我在井旁看一个女子汲水，当我在河畔看一个女子浣衣，当我在偶然的一瞥间看见当窗绣花的女孩，或在灯下衲鞋的老妇，我的眼眶便乍然湿了。娘，我知道你正化身千亿，向我絮絮地说起你的形象。

娘，我每日不见你，却又每日见你，在凡间女子的颦眉瞬目间，将你一一认取。

而你，娘，你在何处认取我呢？在塔的沉重上吗？在雷峰夕照的一线酡红间吗？在寒来暑往的大地腹腔的脉动里吗？

是不是，娘，你一直就认识我，你在我无形体时早已知道我，你从茫茫大化中拼我成形，你从冥漠空无处抟我成体。

而在峨眉山，在竞绿赛青的千岩万壑间，娘，是否我已在你的胸臆中。当你吐纳朝霞夕露之际，是否我已被你所预见？我在你曾仰视的霓虹中舒昂，我在你曾倚以沉思的树干内缓缓引升，我在花，我在叶，当春天第一声小草冒地而生并欢呼时，你听见我。在秋后零落断雁的哀鸣里，你分辨我，娘，我们必然从一开头就是彼此认识的。娘，真的，在你第一次对人世有所感有所激的刹那，我潜在你无限的喜悦里，而在你有所怨有所叹的时分，我藏在你的无限凄凉里，娘，我们必然是从一开头就彼此认识的，你能记忆吗？娘，我在你的眼，你的胸臆，你的血，你的柔和如春浆的四肢。

湖

娘，你来到西湖，从叠烟架翠的峨眉到软红十丈的人间，人间对你而言是非走一趟不可的吗？但里湖、外湖、苏堤、白堤，娘，竟没有一处可堪容你。千年修持，抵不了人间一字相传的血脉姓氏，为什么人类只许自己修仙修道，却不许万物修得人身跟自己平起平坐呢？娘，我一页一页地翻圣贤书，一个一个地去阅人的脸，所谓圣贤书无非要我们做人，但为什么真的人都不想做人呢？娘啊！阅遍了人和书，我只想长哭，娘啊，世间原来并没有人跟你一样痴心地想做人啊！岁岁年年，大雁在头顶的青天上反复指示“人”字是怎么写的，但是，娘，没有一个人在看，更没有一个人看懂了啊！

南屏晚钟，三潭印月，曲院风荷，文人笔下西湖是可以有无限题咏的。冷泉一径冷着，飞来峰似乎想飞到哪里去，西湖的游人万千，来了又去了，谁是坐对大好风物想到人间种种就感激欲泣的人呢，娘，除了你，又有谁呢？

雨

西湖上的雨就这样来了，在春天。

是不是从一开头你就知道和父亲注定不能天长日久做夫妻呢？茫茫天地，你只死心塌地眷着伞下的那一刹那温情。湖色千顷，水波是冷的，光阴百代，时间是冷的，然而一把伞，一把紫竹为柄的八十四骨的油纸伞下，有人跟人的聚首，伞下有人世的芳馨，千年修持是一张没有记忆的空白，而伞下的片刻却足以传诵千年。娘，从峨眉到西湖，万里的风雨雷雹何尝在你意中，你所以眷眷于那把伞，只是爱与那把伞下的人同行，而你心悦那人，只是因为你爱人世，爱这个温柔绵缠的人世。

而人间聚散无常，娘，伞是聚，伞也是散，八十四支骨架，每一支都可能骨肉撕离。娘啊！也许一开头你就是都知道的，知道又怎样，上天下地，你都敢去较量，你不知道什么叫生死。你强扯一根天上的仙草而硬把人间的死亡扭成生命，金山寺一斗，胜利的究竟是谁呢，法海做了一场灵验的法事，而你，娘，你传下了一则喧腾人口的故事。人世的荒原里谁需要法事？我们要的是可以流传百世的故事，可以乳养生民的故事，可以辉耀童年的梦寐和老年的记忆的故事。

而终于，娘，绕着那一湖无情的寒碧，你来到断桥，斩断情缘的断桥。故事从一湖水开始，也向一湖水结束，娘，峨眉是再也回不去了。在断桥，一场惊天动地的婴啼，我们在彼此的眼泪中相逢，然后，分离。

合钵

一只钵，将你罩住，小小的一片黑暗竟是你从今而后头上的苍穹。娘，我在噩梦中惊醒千回，在那份窒息中挣扎。都说雷峰塔会在凄美的夕照里趺坐，千年万世，只专为镇压一个女子的情痴，娘，镇得住吗？我是不信的。

世间男子总以为女子一片痴情是在他们身上，其实女子所爱的哪里是他们，女子所爱的岂不也是春天的湖山、山间的晴岚、岚中的万紫千红？女子所爱的是一切好气象、好情怀，是她自己一寸心头万顷清澈的爱意，是她自己也说不清道不尽的满腔柔情。像一朵菊花的“抱香枝头死”，一个女子紧紧怀抱的是她自己亮烈美丽的情操，而一只法海的钵能罩得住什么？娘，被收去的是那桩婚姻，收不去的是属于那婚姻中的恩怨牵挂，被镇住的是你的身体，不是你的着意飘散如暮春飞絮的深情。

——而即使身体，娘，他们也只能镇住少部分的你，而大部分的你却在我身上活着。是你的傲气塑成我的骨，是你的柔情流成我的血。当我呼吸，娘，我能感到属于你的肺纳，当我走路，我想到你在这世上的行迹。娘，法海始终没有料到，你仍在西湖，在千山万水间自在地观风望月并且读圣贤书，想天下事，与万千世人摩肩接踵——借一个你的骨血糅成的男孩，借你的儿子。

不管我曾怎样凄伤，但一想起这件事，我就要好好活着，不仅为争一口气，而是为赌一口气！娘，你会赢的，世世代代，你会在我和我的孩子身上活下去。

祭塔

而娘，塔在前，往事在后，十八年乖隔，我来此只求一拜——

人间的新科状元，头簪宫花，身着红袍，要把千般委屈，万种凄凉，都并作纳头一拜。

娘！

那豁然撕裂的是土地吗？

那倏然崩响的是暮云吗？

那颓然而倾斜的是雷峰塔吗？

那哽咽垂泣的是娘，你吗？

是你吗？娘，受孩儿这一拜吧！

你认识这一身通红吗？十八年前是红彤彤的赤子，而今是宫花红袍的新科状元许士林。我多想扯碎这一身红袍，如果我能重还为你当年怀中的赤子，可是，娘，能吗？

当我读人间的圣贤书，娘，当我援笔为文论人间事，我只想到，我是你的儿，满腔是温柔激荡的爱人世的痴情。而此刻，当我纳头而拜，我是我父之子，来将十八年的亏疚无奈并作惊天动地的一叩首。

且将我的额血留在塔前，做一朵长红的桃花：笑傲朝霞夕照，且将那崩然有声的头颅击打大地的声音化作永恒的暮鼓，留给法海听，留给一骇而倾的塔听。

人间永远有秦火焚不尽的诗书，法钵罩不住的柔情，娘，唯将今夕的一凝目，抵十八年数不尽的骨中的酸楚，血中的辣辛，娘！

终有一天雷峰会倒，终有一天尖耸的塔会化成飞散的泥尘，长存的是你对人间那一点执拗的痴！

当我驰马而去，当我在天涯海角，当我歌，当我哭，娘，我忽然明白，你无所不在地临视我，熟知我，我的每一举措于你仍是当年的胎动，扯你，牵你，令你惊喜错愕，令你隔着大地的腹部摸我，并且说："他正在动，他正在动，他要干什么呀？"

让塔骤然而动，娘，且受孩儿这一拜！

后记：许士林是故事中白素贞和许仙的儿子，大部分的叙述者都只把情节说到"合钵"为止，平剧中"祭塔"一段也并不经常演出，但我自己极喜欢这一段，我喜欢那种利剑斩不断、法钵罩不住的人间牵绊，本文试着细细表出许士林叩拜囚在塔中的母亲的心情。

秋千上的女子

楔子

我在备课——这样说有点吓人，仿佛有多模范似的，其实也不是，只是把秦少游的词在上课前多看两眼而已。我一向觉得少游词最适合年轻人读：淡淡的哀伤，怅怅的低喟，不需要什么理由就愁起来的愁，或者未经规划便已深深坠入的情劫……

“秋千外，绿水桥平。”

啊，秋千，学生到底懂不懂什么叫秋千？他们一定自以为懂，但我知道他们不懂，要怎样才能让学生明白古代秋千的感觉？

这时候，电话响了，索稿的——紧接着，另一通电话又响了，是有关淡江大学“女性书写”研讨会的。再接着是东吴校庆筹备组规定要交散文一篇，似乎该写点“话当年”的情节，催稿人是我的学生张曼娟，使我这犯规的老师惶惶无词……

然后，糟了，由于三案并发，我竟把这几件事想混了，秋千，女性主义，东吴读书，少年岁月，粘粘为一，撕扯不开……

汉族，是个奇怪的族类，他们不但不太擅长唱歌或跳舞，就连玩，好像也不太会。许多游戏，都是西边或北边传来的——也真亏我们有这些邻居，我们因这些邻居而有了更丰富多样的水果、嘈杂凄切的乐器、吞剑吐火的幻术……以及，哎，秋千。

在台湾，每所小学，都设有秋千架吧？大家小时候都玩过它吧？

但诗词里的“秋千”却是另外一种，它们的原籍是“山戎”，据说是齐桓公征伐山戎的时候顺便带回来的。想到齐桓公，不免精神为之一振，原来这小玩意儿来中国的时候，正当先秦诸子的黄金年代。而且，说巧不巧的，正是孔老夫子的年代。孔子没提过秋千，孟子也没有。但孟子说过一句话：“咱们儒家的人，才不去提他什么齐桓公晋文公之流的家伙。”

既然瞧不起齐桓公，大概也就瞧不起他征伐胜利后带回中土的怪物秋千了！

但这山戎身居何处呢？山戎在春秋时代住在河北省的东北方，现在叫作迁安市的一个地方。这地方如今当然早已是长城里面的版图了，它位于山海关和喜峰口之间，和避暑胜地北戴河同纬度。

而山戎又是谁呢？据说便是后来的匈奴，更后来叫胡，似乎也可以说，就是以蒙古为主的北方异族。汉人不怎么有兴趣研究胡人家世，叙事起来不免草草了事。

有机会我真想去迁安市走走，看看那秋千的发祥地是否有极高大夺目的漂亮秋千，而那里的人是否身手矫健，可以把秋千荡得特别高，特别恣纵矫健——但恐怕也未必，胡人向来决不“安于一地”，他们想来早已离开迁安市，“迁安”两字顾名思义，是鼓励移民的意思，此地大概早已塞满无所不在的汉人移民。

哎，我不禁怀念起古秋千的风情来了。

《荆楚岁时记》上说：“秋千，本北方山戎之戏，以习轻趫，后中国女子学之，楚俗谓之施钩，《涅槃经》谓之罥索。”

《开元天宝遗事》则谓：“天宝宫中，至寒食节，竞竖秋千，令宫嫔辈，戏笑以为宴乐，帝呼为半仙之戏，都市士民因而呼之。”

《事物纪原》也引《古今艺术图》谓：“北方戎狄爱习轻趫之态，每至寒食为之，后中国女子学之，乃以条绳悬树之架，谓之秋千。”

这样看来，秋千，是季节性的游戏，在一年最美丽的季节——暮春寒食节（也就是我们的春假日）举行。

试想在北方苦寒之地，忽有一天，春风乍至，花鸟争喧，年轻的心一时如空气中的浮丝游絮飘飘扬扬，不知所止。

于是，他们想出了这种游戏，这种把自己悬吊在半空中来进行摆荡的游戏，这种游戏纯粹呼应着春天来时那种摆荡的心情。

当然也许和丛林生活的回忆有关。打秋千多少有点像泰山玩藤吧?

然而，不知为什么，事情传到中国，打秋千竟成为女子的专利。并没有哪一条法令禁止中国男子玩秋千，但在诗词中看来，打秋千的竟全是女孩。

也许因为初传来时只有宫中流行，宫中男子人人自重，所以只让宫女去玩，玩久了，这种动作竟变成是女性世界里的女性动作了。

宋明之际，礼教的势力无远弗届，汉人的女子，裹着小小的脚，蹭蹬在深深的闺阁里，似乎只有春天的秋千游戏，可以把她们荡到半空中，让她们的目光越过自家修筑的铜墙铁壁，而望向远方。

那年代男儿志在四方，他们远戍边荒，或者，至少也像司马相如，走出多山多岭的蜀郡，在通往长安的大桥桥柱上题下：

“不乘高车驷马，不复过此桥。”

然而女子，女子只有深深的闺阁，深深深深的闺阁，没有长安等着她们去功名，没有拜将台等着她们去封诰，甚至没有让严子陵归隐的“登云钓月”的钓矶等着她们去度闲散的岁月（“登云钓月”是苏东坡题在一块大石头上的字，位置在浙江富阳，近杭州，相传那里便是严子陵钓滩）。

我的学生，他们真的会懂秋千吗?她们必须先明白身为女子便等于“坐女监”。所不同的是，有些监狱窄小湫隘，有些监狱华美典雅。而秋千却给了她们合法的越狱权，她们于是看到远方，也许不是太远的远方，但毕竟是狱门以外的世界。

秦少游那句“秋千外，绿水桥平”，是从一个女子眼中看春天的世界。秋千让她把自己提高了一点点，秋千荡出去，她于是看见了春水。春水明艳，如软琉璃，而且因为春冰乍融，水位也提高了，那女子看见什么？她看见了水的颜色和水的位置，原来水位已经平到桥面去了！

墙内当然也有春天，但墙外的春天却更奔腾恣纵啊！那春水，是一路要流到天涯去的水啊！

只是一瞥，另在秋千荡高去的那一刹，世界便迎面而来。

也许视线只不过以两公里为半径，向四面八方扩充了一点点，然而那一点是多么令人难忘啊！人类的视野不就是那样一点点地拓宽的吗？女子在那如电光石火的刹那窥见了世界和春天。而那时候，随风鼓胀的，又岂止是她绣花的裙摆呢？

众诗人中似乎韩偓是最刻意描述美好的“秋千经验”的。他的《秋千》一诗是这样写的：

池塘夜歇清明雨，
绕院无尘近花坞。
五丝绳系出墙迟，
力尽才瞵见邻圃。
下来娇喘未能调，
斜倚朱阑久无语。
无语兼动所思愁，

转眼看天一长吐。

其中形容女子打完秋千“斜倚朱阑久无语”“无语兼动所思愁”，颇耐人寻味。“远方”，也许是治不愈的痼疾，“远方”总是牵动“更远的远方”。诗中的女子用极大的力气把秋千荡得极高，却仅仅只见到邻家的园圃——然而，她开始无语哀伤，因为她竟因而牵动了“乡愁”——为她所不曾见过的“他乡”所兴起的乡愁。

韦庄的诗也爱提秋千，下面两句景象极华美：

紫陌乱嘶红叱拨（红叱拨是马名），
绿杨高映画秋千。（《长安清明》）
好似隔帘花影动，
女郎撩乱送秋千。（《寒食城外醉吟》）

第一例里短短十四字，便有四个跟色彩有关的字，血色名马骄嘶而过，绿杨丛中有精工绘画的秋千……

第二例却以男子的感受为主，诗词中的男子似乎常遭秋千“骚扰”，秋千给了女子“一点点坏之必要”（这句型，当然是从痖弦诗里偷来的），荡秋千的女子常会把男子吓一跳，她是如此临风招展，却又完全“不违礼俗”。她的红裙在空中画着美丽的弧，那红色真是既奸又险，她的笑容晏晏，介乎天真和诱惑之间，她在低空处飞来飞去，令男子不知所措。

张先的词：

那堪更被明月，
隔墙送过秋千影。

说的是一个被邻家女子深夜荡秋千所折磨的男子。那女孩的身影被明月送过来，又收回去，再送过来，再收回去……

似乎女子每多一分自由，男子就多一分苦恼。写这种情感最有趣的应该是东坡的词：

墙里秋千墙外道。
墙外行人，墙里佳人笑。
笑渐不闻声渐悄。
多情却被无情恼。

由于自己多情，便嗔怪女子无情，其实也没什么道理。荡秋千的女子和众女伴嬉笑而去，才不管墙外有没有痴情人在痴立。

使她们愉悦的是春天，是身体在高下之间摆荡的快意，而不是男人。

韩偓的另一首诗提到的“秋千感情”又更复杂一些：

想得那人垂手立，

娇羞不肯上秋千。

似乎那女子已经看出来，在某处，也许在隔壁，也许在大路上，有一双眼睛，正定定地等着她，她于是僵在那里，甚至不肯上秋千，并不是喜欢那人，也不算讨厌那人，只是不愿让那人得逞，仿佛多称他的心似的。

众诗词中最曲折的心意，也许是吴文英的那句：

黄蜂频扑秋千索，
有当时，纤手香凝。

由于看到秋千的丝绳上，有黄蜂飞扑，他便解释为荡秋千的女子当时手上的香已在一握之间凝聚不散，害黄蜂以为那绳索是一种可供采蜜的花。

啊，那女子到哪里去了呢？在手指的香味还未消失之前，她竟已不知去向。

——啊！跟秋千有关的女子是如此挥洒自如，仿佛云中仙鹤不受网弋，又似月里桂影，不容攀折。

然而，对我这样一个成长于二十世纪中期的女子，读书和求知才是我的秋千吧？握着柔韧的丝绳，借着这短短的半径，把自己大胆地抛掷出去。于是，便看到墙外美丽的清景：也许是远岫含烟，也许是新秧翻绿，也许雕鞍上有人正起程，也许江水带来归帆……世界是如此富艳难踪，而我是那个在一瞥间得以窥伺大千的人。

“窥”字其实是个好字，孔门弟子不也以为他们只能在墙缝里偷看一眼夫子的深厚吗？是啊，是啊，人生在世，但让我得窥一角奥义，我已知足，我已知恩。

我把从《三才图会》上影印下来的秋千图戏剪贴好，准备做成投影片给学生看，但心里却一直不放心，他们真的会懂吗？真的会懂吗？曾经，在远古的年代，在初暖的熏风中，有一双足悄悄踏上板架，有一双手，怯怯握住丝绳，有一颗心，突地向半空中荡起，荡起，随着花香，随着鸟鸣，随着迷途的蜂蝶，一起去探询春天的资讯。

被忧伤的眼神凝视过的丝茧

笔记小说上记载了一个古怪的故事，我且用白话文转述如下：

蔡邕，有一天在街上看到一种奇怪的丝茧，就用高价买下，带回家来。一般的蚕茧，形状如饱满圆熟的橄榄，这种茧却长得像一个女子，一个忧伤愁惨的女子。茧其实没有颈、脸、手、脚，更没有耳目五官，你其实说不出来它什么部分像一个女子，更说不出哪一部分像一个忧愁阴悒的女子。但不知为什么，人人看了那茧就不约而同地想到苦愁的女子。

蔡邕把茧缫成了丝，制作琴弦，琴声凄苦哀恸，仿佛那丝弦里自有无限哀情，只等弹琴人的手指一触，它便自动释放出来，释放出那种哀婉凄绝的伤痛。精通音律的蔡邕一时也呆住了，世上为何竟有这等丝弦？

蔡邕去问他的女儿蔡琰，从九岁开始，她就是父亲在音乐方面的小小知音，她是一个妙通音律的女子。蔡琰听了琴音，眉睫间闪起盈盈泪光，俯首良久，她叹了一口气，向蔡邕解释：

“这是一种特别的丝，叫‘寡女丝’。一般人养蚕，在最后阶段，蚕要结茧的时候，都尽量不去打扰它，甚至不走近它们，免得它们受影响。可是，偶然还是有意外的旁观者，譬如说，房子的墙上有个小洞，小洞那边的邻居是一个深夜中因悲伤而难以成眠的寡女，寡女从壁孔中看那些蚕一一作茧自缚。

“第二天一早，这些茧都结好了，但它们的外形看起来，都像那中宵不寐的静坐女子，这种丝，本质上已成为忧伤的丝了。

“而它的名字，就叫‘寡女丝’。”

故事到此为止，我不知道那寡女丝，后世是否曾经再出现过？世间果真有一种本身就恓惶伤悒的丝吗？为什么古人会有这样的信仰？他们竟相信，一个真正忧伤的凝视眼神，就可以像遗传基因一样，彻底改变整个丝的内在本质？

当然，所有的故事都是不宜深究的，但我仍好奇，难道“寡女丝”在汉代以前的历史上常出现吗？蔡琰虽是淹雅的女学人，也必须读到档案资料，才看得出其中的玄机呀！如果真的常出现，天啊，为什么有那么多寡妇呢？

而且，寡妇为什么一定是悲愁失眠的呢？她的日子应该过得更累更艰苦，所以睡起觉来应该更为沉熟才对。

更奇怪的是，为什么偏巧不巧的，寡妇的墙上总有一个有意无意间戳出的小洞呢？这洞其实也不太小，因为要看清楚一片养蚕的景象，直径也得要零点七公分呀，那么大的洞，为什么不会给人发现呢？是不是需要特制一种小泥棒，白天塞住，以免太昭彰？

窥视的行为，在古人是不是不算太败德？窗纸，好像天生就该让人舔破的，泥墙呢？活该让人挖洞。中国人之所以需要高墙，甚至需要万里长城，恐怕也是因为几千年来给人偷看怕了。

还有一项我想不通的，偷看和偷听，一般是针对跟性有关的活动（张爱玲的《秧歌》写的是五十年前的事，其中仍提到乡人此项癖好），但，蚕宝宝有什么好看？看它们交配吗？但它们在幼虫时期好像也不交配吧？喜欢找象征的人也许会从蚕的形状，蚕的蠕动，蚕的惊人的食量和它短暂的生命周期得到一堆惊喜的和性有关的证据。但就算如此，这位寡女的反应也该是兴奋而不是忧伤啊！

看来这故事不太合理，而且，多少有一点“寡妇歧视”。甚至作者还把它栽赃到蔡邕父女头上，这蔡邕也是生来命苦，《琵琶记》的负心故事也扯到他身上来。

不过，以上所说全是一个现代“爱疑成病的读者”的观点。其实，撇开这些不谈，我倒希望世上有这种蚕茧，我想去看看它那奇特的如忧愁女子的形状，更想听听那触手成哀的丝弦颤音，真的。

给我一个解释

除了神话和诗，红尘素居，诸事碌碌中，更不免需要一番解释了。记得多年前，有次请人到家里屋顶阳台上种一棵树兰，并且事先说好了，不活包退费的。我付了钱，小小的树兰便栽在花圃正中间。一个礼拜后，它却死了。我对阳台上一片芬芳的期待算是彻底破灭了。

我去找那花匠，他到现场验了树尸，我向他保证自己浇的水既不多也不少，绝对不敢造次。他对着夭折的树苗偏着头呆看了半天，语调悲伤地说：

“可是，太太，它是一棵树呀！树为什么会死，理由多得很呢——譬如说，它原来是朝这方向种的，你把它拔起来，转了一个方向再种，它就可能要死！这有什么办法呢？”

他的话不知触动了我什么，我竟放弃退费的约定，一言不发地让他走了。

大约，忽然之间，他的解释让我同意，树也是一种自主的生命，它可以同时拥有活下去以及不要活下去的权利。虽然也许只是调了一个方向，但它就是无法活下去，不是有的人也是如此吗？我们可以到工厂里去订购一定容量的瓶子，一定尺码的衬衫，生命却不能容你如此订购的啊！

以后，每次走过别人墙头冒出来的花香如沸的树兰，微微的失怅里我总想起那花匠悲冷的声音。我想我总是肯同意别人的——只要给我一个好解释。

至于孩子小的时候，做母亲的糊里糊涂地便已就任了“解释者”的职位。记得小男孩初入幼稚园，穿着粉红色的小围兜来问我，为什么他的围兜是这种颜色。我说：“因为你们正像玫瑰花瓣一样可爱呀！”“那中班为什么就穿蓝兜？”“蓝色是天空的颜色，蓝色又高又亮啊！”“白围兜呢？大班穿白围兜。”“白，就像天上的白云，是很干净很纯洁的意思。”他忽然开心地笑了，表情竟是惊喜，似乎没料到小小围兜里居然藏着那么多的神秘。我也吓了一跳，原来孩子要的只是那么少，只要一番小小的道理，就算信口说的，就够他着迷好几个月了。

十几年过去了，午夜灯下，那小男孩用当年玩积木的手在探索分子的结构。黑白小球结成奇异诡秘的勾连，像一扎紧紧的玫瑰花束，又像一篇布局繁复却条理井然、无懈可击的小说。

“这是正十二面烷。”他说，我惊讶这模拟的小球竟如此匀称优雅，黑球代表碳、白球代表氢，二者的盈虚消长便也算物华天宝了。

“这是赫素烯。”

“这是……”

我满心感激，上天何其厚我，那个曾要求我把整个世界一一解释给他听的小男孩，现在居然用他化学方面的专业知识向我解释我所不了解的另一个世界。

如果有一天，我因生命衰竭而向上苍祈求一两年额外加签的岁月，其目的无非是让我回首再看一看这可惊可叹的山川和人世。能多看它们一眼，便能多用悲壮的、虽注定失败却仍不肯放弃的努力再解释它们一次，并且也会欣喜地看到人如何用智慧、用言词、用弦管、用丹青、用静穆、用爱，一一对这世界做其圆融的解释。

是的，物理学家可以说，给我一个支点，给我一根杠杆，我就可以把地球撬起来——而我说，给我一个解释，我就可以再相信一次人世，我就可以接纳历史，我就可以义无反顾地拥抱这荒凉的城市。

第四辑

母亲的羽衣

而有一天，她的羽衣不见了，她换上了人间的粗布——她已经决定做一个母亲。有人说她的羽衣被锁在箱子里，她再也不能飞翔了，人家还说，是她丈夫锁上的，钥匙藏在极秘密的地方。

圆桌上的亲情构图

这家餐厅一看就知道并不是什么美食主义者肯来光顾的地方。它是一家大旅馆的附属餐饮部，虽然倒也明窗净几，但既缺乏佳馔名肴的排场，也没有路边小吃的活泼生鲜性格独具。

我们那天中午去这家餐厅是因为应邀参加某项高雄市“政府”的文化活动，事情完了，受“官方”招待一顿饭。“官方”当然不能带我们去小摊子，又不可能招待真正的盛筵，这种地方就变成了中庸之道的选择。

也许因为是星期假日，每张桌子都有人，每把椅子上都有人。陪我们来的官员一直庆幸订位早，否则，找不到吃中饭的地方，对他而言简直是玩忽职守。

同桌有位法国教授，坐定了以后，他说：

“你们看，每桌上都是一个大家族呢！从祖父母到孙子。这种事，在法国，你简直看不到。”

我起先也没注意，经他一说，我才注意到，原来每桌都有一两个老人，四五个中年人，加上五六个小孩。这样浩浩荡荡，各自成军，看来倒也真的很壮观。而我为什么居然视而不见呢？大概我认为事情本来理当如此。上馆子，对一般家庭而言，也不算一笔小开销，很少有人是天天上馆子的。好不容易等到星期假日，做儿子的不上班，做孙子的不上课，正好可以一齐去吃饭。这倒让我想起一句成语——“扶老携幼”——来了，这成语真是好，简单四个字，便把一幅图画勾勒得那么翔实生动，古人用词真是精妙。

想想，人生最幸福的阶段大概就在有老可扶、有幼可携的日子吧？虽然辛苦一点，但三代同桌的圆满构图并不是经常可期的。

对我来说，那些上有老下有小的人带着三代来吃饭是十分自然的事。更何况，桌上看来还包括成年以后各自分居的弟兄姊妹。趁此假日，一齐聚拢来，让孩子被祖父母检阅一番，也是盛事啊！

“真是好！”法国教授一桌桌看去，“在法国，餐厅里总是一男一女，既没有老的，也没有小的！”

我随着他赞赏的目光看去，只觉一家家父慈子孝，正合《世说新语》一书中所谓的“名教中亦自有乐地”，原来道德伦理的世界中也有其动人的美学。

这餐厅的菜，果不出我所料，除了实惠，既不精美，也不具个性。但那感动了法国教授的“餐厅天伦图”使我心软了，我呆呆地望着那些扶老携幼的小市民，心里想着，真的，也许在全世界，都不见得很容易看到这种圆桌上的亲情构图，这家餐厅仍然是值得记忆的。

最后的戳记

房间里很拥挤，顺着桌柜往前走，我后面的同学推着我，我也推着前面的同学。我已经过了好几个关口：报到了，填了注册单，并且缴了学费，现在我正把选课卡递了过去；办事小姐抬起头来和我打了个招呼，很亲切地问我：

“都选吗？”

“当然。”我怎能不全选呢？以后我再也没有机会选课了。

我继续往前走，又缴了一些零碎的钱，便开始办借书证的手续，来到最后一个关口查验学生证。我从皮包中取出那精致的小本子，红色的封面虽然经过三年多的时间，依然保持它的鲜艳美丽。我翻开第一面，上面写着我的姓名、籍贯和出生年月日，并贴着我高中时代的照片。那自然弯曲的短发，那看来似乎和什么人赌气的神态，现在都令我怀念不已。而今而后，在人生的舞台上，我再也不会戴这样一张脸谱了。我又翻一页，是记事栏，除了公车处盖过一方“挂失有案”的图案外，便空无所有了。接下去的一页是注册登记栏，上面有八个方格，分成两列，是让注册组盖章用的，每学期注册的时候盖一格，我已经盖满了七个格子，只剩下右下角的一个空格了。我平时很少注意这些琐细事情，今天却在异样的心情下仔细地谛视了一番。这个图章不大。只有两公分见方，刻的是纤细的篆文，以前我为什么不曾注意过呢？为什么到今天我才这样眷恋地看着它呢？为什么到今天我才发现了不同的意义呢？

我想着，竟把伸到柜台上的手缩了回来。

“最后一个章了，”我对自己说，“这是最后一个章了！”

忽然，我感到一种前所未有的悲哀，莫名其妙地有着出去痛哭一场的冲动。茫茫然地，我走出了嘈杂的房间，独自步向校园。早日的阳光照在草地上，那样淡淡的、柔柔的阳光，把景物衬托得肃穆而清丽。我随便择了一处草厚的地方坐下，对着溪水，对着青山，竟一点也得不着宁静，我深深地吸了一口气，把头埋在双臂中，我什么也看不见了，除了那一片草皮，那生长在我足旁的草皮。但我还是看到那红色的小本子，以一种倔强的姿态躺在草上，那红色刺着我的眼，我的心。我禁不住又把它翻开，我又看到那七个印记了。七个精巧的朱红色的印记，在我眼前跳跃着，我的心感到异样的伤痛，我不禁有些恨自己了。真的，何以当别人庆幸自己即将毕业的时候，我却难过起来？

第一个章，我回想起来了，那是三年前的夏天，那充满了兴趣和胆怯的一天，当我接过这本小册子的时候，展布在我面前的是怎样绮丽的远景啊！记得有一句话说："大学就是一个你进去时自以为什么都知道，毕业时才了解自己什么都不知道的地方。"然而那时候，我并不曾觉得自己什么都懂，如今更觉得一无所知了。何以我被安排要走在这条寻索学问的路上呢？这原是一条没有尽头的路啊！

第二个章盖在一九五九的二月里，轻淡地模糊地表示着一片平淡、朦胧而又恬美的生活；第三个章开始，我便在学校里领取自助金和其他奖学金了。回忆起来未始不是一桩艰苦的奋斗，我不止一次地站在布告牌前，仰望自己是否出现在那幸运的名单里。我总是被一大群人挡住了，根本看不到任何名字，大约每次都是别人替我看到的。好几次都有朋友拍着我的肩膀，或拉着我的长发，叫道："恭喜啊，你得到了！什么时候请客呢？"那时我会快乐地流下泪来，我会找到安静的一角，坐下来，感谢那位给了我机会又给了我智慧的天父，也很自然地想到我的父母，以及许多关切我、期望着我成功的人，因而觉得自己到底做了一件对得起人的事。在那有限的金钱中，我领受了无限的快乐。

我用那笔钱来买书，好让许多先哲的思想进入我的心中；我用它来买文具，好让我的思想流入别人的心中；我用它买我自己所喜爱的东西，因为我从来不觉得死守着一份钱财会有什么好处。此外，剩下的一点数目，我使用它买一些亲友们所喜爱的东西，或是给父亲的一本书，给母亲的一枚胸针，给弟弟妹妹的钢笔、玩具，或是给朋友的生日卡片，因为当笑容从别人面上闪亮的时候，我心头的明镜便也映出快乐的形象。

从那平整的印记中，我仿佛又看到平整的校舍，何等巍峨庄严的一座大楼啊！这是我完成一百六十九个学分的地方！我心怦然，一种肃穆而神圣的思想在我胸中升起，我不知道是哪些人的血汗钱集募起来建造了这所大楼，但我知道，总有那样一批人。我不知道是谁设计出它，谁堆砌成它，但我也知道，总有那样一批人。我，一个没有长处也没有优点的人，上天何其钟爱我，让那么多我所不曾谋面、不知名姓的人，助我完成了学业。是的，这只是七枚小小的印记，但隐含着多少人的爱与关切啊！

我的眼前似乎仍浮着那平整的大楼，大楼的右侧是院长的办公室。好几次我站在他的办公桌前，好像我们不是师生，而是朋友，我们的谈话往往持续到电话铃响了、他不得不和别人答话时为止。在这学校里，我得到了许多大学教本上的知识，更得到了一些书本外的学问。有一位同学说："这是我们的黄金时代！"是的，使我们的日子得以称为黄金时代的，便是这些学者脑中闪烁的智慧！

大楼第三层，靠中央部分的一间房子，便是我的教室。我们班上只有十一个人，上课的时候，我们比庞大的学校或庞大的班级舒服得多，教授可以征询我们每一个人的意见，我们也可以感觉到自己的存在，以及自己的重要性。逢到上“诗选”时，我们就作对子或联句。那情景不像是上课，倒像是什么诗人大会似的。记得有一次作“秋兴”的诗，有同学吟了一句“飘萍何所托”？教授说：“太萧飒了！”我忽然想起一句“傲菊乃相宜”，便对上去了，教授大为高兴。句子虽然谈不上好，却也颇能见志。如果有一天我老了，回忆起少年狂态，这件事当可算作资料之一吧。

在教室里也有很痛苦的时候，好几次我抱病上课，感到眩晕而惊悸，但我非不得已，绝不请假，一则我不愿意错过任何听讲的机会，二则我太重视出席全勤的那份荣誉。我感谢上帝，他给了我一宗最大的财富——健全的脑子，健全的理性，和健全的身体，我从来没有生过比感冒更严重的病，而当我病的时候，他更给我足够的支持力，让我向上的意志不曾仆倒过。

教学大楼的右边是活动中心，在那里我也有着我另一面的绚丽生活。我虽然从小好静，不爱活动，唯一的消遣就是躺在床上看小说或听唱片，但这几年来，我也被强迫地活动了一下，我发觉一个人固然可以从有兴趣的活动中领受益处，却也往往从没有兴趣的活动中得到经验。我曾为社团活动奔走过，疲乏过，抱怨过，但当一切过去了，我仍然成为我的时候，我悟出那“毕竟为别人做了一点事”的快乐。

在图书馆里是最美的时光了，我常在那里读书或写稿，不时停下来看看四壁图书，而兴“生也有涯，知也无涯”的警觉；有时更无所事事地坐着，把玩一朵小野花，看白云从长窗外的蓝天展翼而过，心底涌起无言的喜悦，人生是何等的美，何等的有希望，何等的值得眷恋珍惜！

大楼的正后方，相去百级石梯的地方，耸立着女生宿舍。在风雨的夜里，我未始不觉得它正像一个家。没有事的时候，我总爱坐在桌前向窗外眺望。因为地势高，一带禾田和村落都尽收眼底。我想，如果我是一个教育家，我也要把我的学校建在稻田之前，让学生们自己去发现细嫩的秧苗怎样结出了茁壮的穗子，让他在无言中憬悟出自己应该如何去完成他的学程。村落外有一座不太高的山，看来仿佛伸手可及，曾读摩诘“好倚磐石饭”的句子，总觉得那平平的小山也应该可以搬过来作为餐桌。小山之外，还有好几叠山峰，其中有一座特别秀拔的，常在夕阳的返照下，幻出一片淡紫的霞光，读外文系的辉，竟把它拟作希腊神话中诸神会聚的奥林帕斯山呢！

回想起来，这是多好的生活，一个人若是一生都能过着我这三年多来的生活，真该心满意足了！

我在草上坐着，想着，又快乐，又惭愧，我从别人那里支取了如许之多，现在，当最后一个注册章盖下去的时候，我便被认为是前脚已经跨出校园的“准毕业生”了。我能对这个培养我的社会尽什么责呢？我能对养育我的父母报什么恩呢？我能使看重我的师长如愿吗？我能否站起来，做一个对得起自己的人呢？

草场上的阳光渐渐冷却了，我便拾起那本小册子回到注册处去。

方才拥挤的人潮散去了，房间里很冷清，办事的职员已在收拾杂物，准备离去。我径自走向缴检学生证的地方，踏着稳定的步子。

办事的先生把图章在印泥上捺了一下，从我手里接过学生证，放正了，便按了下去，他在四周压了，又着力在中央部分压了一下，然后才抬起手来，看看那清晰的戳记，满意地微笑了。

“最后一个章呢！”他递还给我，“当然得盖得特别好，你看，八个章，整整齐齐的，多好！”

“是的。”我感激地看他一眼，便再也说不出什么话了。

通往宿舍的路上，两侧开满了杂色的杜鹃，我感到自己心里也有一朵花，在欢欣的希望中慢慢地绽开了。

“我的主，”我抬头望着蓝宝石般的晴空，心里默默地祷告，“但愿在你那本美丽无比的生命册上，我的名字下也盖满了许多整齐而又清晰的戳记，表示你对我完成之事的嘉许，当我走完一生路程的时候，当你为我盖下最后的戳记的时候，求你让我知道，我曾完成一段圆满的人生！”

念你们的名字

——寄阳明医学院大一新生

孩子们，这是八月初的一个早晨，美国南部的阳光舒迟而透明，流溢着一种让久经忧患的人鼻酸的、古老而宁静的幸福。助教把期待已久的发榜名单寄来给我，一百二十个动人的名字，我逐一地念着，忍不住覆手在你们的名字上，为你们祈祷。

在你们未来漫长的七年医学教育中，我只教授你们八个学分的国文，但是，我渴望能教你们如何做一个人——以及如何做一个中国人。

我愿意再说一次，我爱你们的名字，名字是天下父母满怀热望的刻痕，在万千中国文字中，他们所找到的是一两个最美丽最醇厚的字眼——世间每一个名字都是一篇简短质朴的祈祷！

“林逸文”“唐高骏”“周建圣”“陈震寰”，你们的父母多么期望你们是一个出类拔萃的孩子。“黄自强”“林进德”“蔡笃义”，多少伟大的企盼在你们身上。“张鸿仁”“黄仁辉”“高泽仁”“陈宗仁”“叶宏仁”“洪仁政”，说明了儒家传统对仁德的向往。“邵国宁”“王为邦”“李建忠”“陈泽浩”“江建中”，显然你们的父母曾把你们奉献给苦难的中国。“陈怡苍”“蔡宗哲”“王世尧”“吴景农”“陆恺”，含蕴着一个古老圆融的理想。我常惊讶，为什么世人不能虔诚地细味另一个人的名字？为什么我们不懂得恭敬地省察自己的名字？每一个名字，不论雅俗，都自有它的哲学和爱心。如果我们能用细腻的领悟力去叫人的名字，我们便能学会更多的互敬和互爱，这世界也可以因此更美好。

这些日子以来，也许你们的名字已成为乡梓邻里间一个幸运的符号，许多名望和财富的预期已模模糊糊和你们的名字联在一起，许多人用钦慕的眼光望着你们，一方无形的匾已悬在你们的眉际。有一天，“医生”会成为你们的第二个名字，但是，孩子们，什么是医生呢？一件比常人更白的衣服？一笔比平民更饱涨的月入？一个响亮荣耀的名字？孩子们，在你们不必讳言的快乐里，抬眼望望你们未来的路吧！

什么是医生呢？孩子们，当一个生命在温湿柔韧的子宫中悄然成形时，你，是第一个宣布这神圣事实的人。当那蛮横的小东西在尝试转动时，你，是第一窥得他在另一个世界的心跳的人。当他陡然冲入这世界，是你的双掌，接住那华丽的初啼。是你，用许多防疫针把成为正常的权利给了婴孩。是你，辛苦地拉动一个初生儿的船纤，让他开始自己的初航。当小孩半夜发烧的时候，你是那些母亲理直气壮打电话的对象。一个外科医生常像周公旦一样，是一个在简单的午餐中三次放下食物走入急救室的人。有的时候，也许你只须为病人擦一点红汞水，开几颗阿司匹林，但也有时候，你必须为病人切开肌肤，拉开肋骨，拨开肺叶，将手术刀伸入一颗深藏在胸腔中的鲜红心脏。你甚至有的时候必须忍受眼看血癌吞噬一个稚嫩无辜的孩童而束手无策的裂心之痛！一个出名的学者来见你的时候，可能只是一个脾气暴烈的牙痛病人，一个成功的企业家来见你的时候，可能只是一个气结的哮喘病人。一个伟大的政治家来见你的时候，也许什么都不是，他只剩下一口气，拖着一个中风后的瘫痪的身体。挂号室里美丽的女明星，或者只是一个常期失眠的、神经衰弱的、有自杀倾向的患者——你陪同病人经过生命中最黯淡的时刻，你倾听垂死者最后的一声呼吸，探察他最后的一槌心跳。你开列出生证明书，你在死亡证明书上签字，你的脸写在婴儿初闪的瞳仁中，也写在垂死者最后的凝望里。你陪同人类走过生、老、病、死，你扮演的是一个怎样的角色啊！一个真正的医生怎能不是一个圣者。

事实上，作为一个医者的过程正是一个苦行僧的过程，你需要学多少东西才能免于自己的无知，你要保持怎样的荣誉心才能免于自己的无行，你要几度犹豫才能狠下心拿起解剖刀切开第一具尸体，你要怎样自省才能在千万个病人之后免于职业性的冷静和无情。在成为一个医治者之前，第一需要被医治的，应该是我们自己。在一切的给予之前，让我们先成为一个“拥有”的人。

孩子们，我愿意把那则古老的“神农氏尝百草”的神话再说一遍。《淮南子》上说：“古者民茹草饮水，采树木之实，食蠃蛖之肉，时多疾病毒伤之害，于是神农乃始教民播种五谷……尝百草之滋味，水泉之甘苦，令民知所辟就，当此之时，一日而遇七十毒。”

神话是无稽的，但令人动容的是一个行医者的投入精神，以及那种人饥己饥、人溺己溺、人病己病的同情。身为一个现代的医生当然不必一天中毒七十余次，但贴近别人的痛苦，体谅别人的忧伤，以一个单纯的“人”的身份，恻然地探看另一个身罹疾病的“人”，仍是可贵的。

记得那个“悬壶济世”的故事吗？“市中有老翁卖药，悬一壶于肆头，及市罢，辄跳入壶中，市人莫之见。”——那老人的药事实上应该解释成他自己。孩子们，这世界上不缺乏专家，不缺乏权威，缺乏的是一个“人”，一个肯把自己给出去的人。当你们帮助别人时，请记得医药是有时而穷的，唯有不竭的爱能照亮一个受苦的灵魂。古老的医术中不可缺的是“探脉”，我深信那样简单的动作里蕴藏着一些神秘的象征意义，你们能否想象用一个医生敏感的指尖去采触另一个人的脉搏的神圣画面。

因此，孩子们，让我们自怵自惕，让我们清醒地推开别人加给我们的金冠，而选择长程的劳瘁。诚如耶稣基督所说：“非以役人，乃役于人。”真正伟人的双手并不浸在甜美的花汁中，它们常忙于处理一片恶臭的脓血。真正伟人的双目并不凝望最翠拔的高峰，它们低俯下来看一个卑微的贫民的病容。孩子们，让别人去享受“人上人”的荣耀，我只祈求你们善尽“人中人”的天职。

我曾认识一个年轻人，多年后我在纽约遇见他，他开过出租车，做过跑堂，试过各式各样的生存手段——他仍在认真地念社会学，而且还在办杂志。一别数年，恍如隔世，但最安慰的是当我们一起走过曼哈顿的市声，他无愧地说：“我抱持着我当年那一点对人的好奇，对人的执着。”其实，不管我们研究什么，可贵的仍是那一点点对人的诚意。我们可以用赞叹的手臂拥抱一千条银河，但当那灿烂的光流贴近我们的前胸，其中最动人的音乐仍是一分钟七十二响的雄浑坚实如祭鼓的人类的心跳！孩子们，尽管人类制造了许多邪恶，人体还是天真的可尊敬的奥秘的神迹。生命是壮丽的、强悍的，一个医生不是生命的创造者——他只是协助生命神迹保持其本然秩序的人。孩子们，请记住你们每一天所遇见的不仅是人的“病”，也是病的“人”，人的眼泪，人的微笑，人的故事，孩子们，这是怎样的权利！

长窗外是软碧的草茵，孩子们，你们的名字浮在我心中，我浮在四壁书香里，书浮在黯红色的古老图书馆里，图书馆浮在无际的紫色花浪间，这是一个美丽的校园。客中的岁月看尽异乡的异景，我所缅怀的仍是台北三月的杜鹃。孩子们，我们不曾有一个古老幽美的校园，我们的校园等待你们的足迹使之成为美丽。

孩子们，求全能者以广大的天心包覆你们，让你们懂得用爱心去托住别人。求造物主给你们内在的丰富，让你们懂得如何去分给别人、某些医生永远只能收到医疗费，我愿你们收到得更多——我愿你们收到别人的感念。

念你们的名字，在乡心隐动的清晨。我知道有一天将有别人念你们的名字，在一片黄沙飞扬的乡村小路上，或者曲折迂回的荒山野岭间，将有人以祈祷的嘴唇，默念你们的名字。

一朵

儿子诗诗两岁时，刚学会数数目，我带他到郊外去，刚好看到一大片蔓开在地上的红花。

“数数看，有几朵？”

地上的花成千上百，他却只会数到十，我猜想，他的答案一定是十。不料他却不假思索地快活地叫了起来：

“一朵！”

“什么？几朵？”

“一朵！”

他肯定地说，态度毫不退让。

我忽然明白，他的确有权利说“一朵”，那些花虽然可以是八百也可以是九百，但事实上那些花只是一，只是某个灿开在夏日正午的，完整如一的美丽。

文明使人学会数目，但不是有些东西不能数也不必数的吗？我们为什么要庸俗到以“九百朵花一定比一朵花美丽”的程度呢？

我交给你们一个孩子

我交给你们一个孩子

小男孩走出大门，返身向四楼阳台上的我招手，说：

“再见！”

那是好多年前的事了，那个早晨是他开始上小学的第二天。

我其实仍然可以像昨天一样，再陪他一次，但我却狠下心来，看他自己单独去了。他有属于他的一生，是我不能相陪的，母子一场，只能看作一把借来的琴弦，能弹多久，便弹多久，但借来的岁月毕竟是有其归还期限的。

他欢然地走出长巷，很听话地既不跑也不跳，一副循规蹈矩的模样。我一人怔怔地望着油加利下细细的朝阳而落泪。

想大声地告诉全城市，今天早晨，我交给你们一个小男孩，他还不知恐惧为何物，我却是知道的，我开始恐惧自己有没有交错？

我把他交给马路，我要他遵守规矩沿着人行道而行，但是，匆匆的路人啊，你们能够小心一点吗？不要撞到我的孩子，我把我至爱的交给了纵横的道路，容许我看见他平平安安地回来！

我不曾搬迁户口，我们不要越区就读。我们让孩子读本区内的国民小学而不是某些私立明星小学，我努力去信任自己国家的教育当局，而且，是以自己的儿女为赌注来信任的——但是，学校啊，当我把我的孩子交给你，你保证给他怎样的教育？今天清晨，我交给你一个欢欣诚实又颖悟的小男孩，多年以后，你将还我一个怎样的青年？

他开始识字，开始读书，当然，他也要读报纸、听音乐或看电视、电影，古往今来的撰述者啊！各种方式的知识传递者啊！我的孩子会因你们得到什么呢？你们将饮之以琼浆，灌之以醍醐，还是哺之以糟粕？他会因而变得正直忠信，还是学会奸猾诡诈？当我把我的孩子交出来，当他向这世界求知若渴，世界啊，你给他的会是什么呢？

世界啊，今天早晨，我，一个母亲，向你交出她可爱的小男孩，而你们将还我一个怎样的呢！

小蜥蜴如何藏身在草丛里的奇观

我给小男孩请了一位家庭教师，在他七岁那年。

听到的人不免吓一跳：

“什么？那么小就开始补习了？”

不是的，我为他请一位老师是因为小男孩被蝴蝶的三部曲弄得神魂颠倒，又一心想知道蚂蚁怎么回家；看到世上有那么多种蛇，也使他欢喜得着了慌，我自己对自然的万物只有感性的欢欣赞叹，没有条析缕陈的解释能力，所以，我为他请了老师。

有一张征求老师的文字是我想用而不曾用过的，多年来，它像一坛忘喝的酒，一直堆栈在某个不显眼的角落。春天里，偶然男孩又不自觉地转头去听鸟声的时候，我就会想起自己心底的那篇文字：

我们要为我们的小男孩寻找一位生物老师。

他七岁，对万物的神奇兴奋到发昏的程度，他一直想知道，这一切“为什么是这样的”。

我们想为他找的不单是一位授课的老师，也是一位启示他生命的奇奥和繁富的人。

他不是天才，他只是一个好奇而且喜欢早点知道答案的孩子。我们尊重他的好奇，珍惜他兴奋易感的心，我们不是富有的家庭，但我们愿意好好为他请一位老师，告诉他花如何开？果如何结？蜜蜂如何住在六角形的屋子里？蚯蚓如何在泥土中走路吃饭……

他只有一度童年，我们急于让他早点享受到“知道”的权利。

有的时候，也请带他到山上到树下去上课，他喜欢知道蕨类怎样成长，杜鹃怎样红遍山头，以及小蜥蜴如何藏身在草丛里的奇观……

有谁愿意做我们小男孩的生物老师？

小男孩后来读了两年生物，获益无穷，而这篇在心底重复无数遍的“征求老师”的腹稿却只供我自己回忆。

寻人启事

我坐在餐桌上修改自己的一篇儿童诗稿，夜渐渐深了。

男孩房里的灯仍亮着，他在准备那些考不完的试。

我说：

“喂，你来，我有一篇诗要给你看！”

他走过来，把诗拿起来，慢慢看完，那首诗是这样写的：

寻人启事

妈妈在客厅贴起一张大红纸

上面写着黑黑的几行字：

兹有小男孩一名不知何时走失

谁把他拾去了啊，仁人君子

他身穿小小的蓝色水手服

他睡觉以前一定要念故事
他重得像铅球又快活得像天使
满街去指认金龟车是他的专职
当电扇修理匠是他的大志
他把刚出生的妹妹看了又看露出诡笑：
“妈妈呀，如果你要亲她就只准亲她的牙齿。”
那个小男孩到哪里去了，谁肯给我明示？
听说有位名叫时间的老人把他带了去
却换给我一个国中的少年比妈妈还高
正坐在那里愁眉苦脸地背历史
那昔日的小男孩啊不知何时走失
谁把他带还给我啊，仁人君子。

看完了，他放下，一言不发地回房去了。第二天，我问他：

“你读那首诗怎么不发表一点高见？”

“我读了很难过，所以不想说话……”

我茫然走出他的房间，心中怅怅，小男孩已成大男孩，他必须有所忍受，有所承载，我所熟知的一度握在我手里的那一双小手有如飞鸟，在翩飞中消失了。

仅仅只在不久以前，他不是还牵着妹妹的手，两人诡秘地站在我的书房门口吗？他们同声用排练好的做作的广告腔说：

好立克大王

张晓风女士

请你出来

为你的儿子女儿冲一杯好立克

这样的把戏玩了又玩，一杯杯香浓的饮料喝了又喝，童年，繁华喧天的岁月，就如此跫音渐远。

没有一个长得像小魔鬼

坐夜间飞机往西半球飞去其实是个好主意。一觉醒来，人家已替你把旅途完成。而且，譬如说，二月二十八日起飞，人落了地，仍是二月二十八日。啊！当此之际不免觉得自己好像驾驭了某种魔法，突然一眨眼之间便横越万里关山，绕到地球另一面来了，古人说，朝发夕至，我却是朝发朝至呢！

不过，当然，这一切好感觉都必须建立在一个基础上：那就是，当天晚上，你必须睡得沉稳甜蜜。如果一夜无眠，那第二天就够你好看了。

最近一次，我坐飞机不幸没有碰上好运气，才刚睡了一会儿，就开始听到好几个小儿的哭声。那种感觉十分怪异，仿佛有两个巨人在拔河，其中一个叫“困倦”，另一个叫“惊醒”，而我则是那根倒霉的绳子。我有时被扯到“困境”里，随波沉浮，不知所止。一会又被尖拔的声音刺中，像一个遭妖魔提着头发拎起来凝视的囚徒，一时急得两腿乱蹬。

就在那样半醒半睡的蒙昧状态下，我心里发狠骂道：

“是哪一家讨厌的小魔鬼啊！等天亮了我一定要好好瞪他一眼。”

终于结束了一场睡得不明不白的觉，空中小姐忙忙碌碌地来分早餐。我站起身来巡视四境，原来小娃娃的数目还不少，其中大部分都是老外的，我一个个仔细地看他们的脸，想用“看相”的方法找出昨夜的“元凶”。

也不知是不是因为空气中充满好闻的食物香味，那些烘烤面包的气味，橘子汁或果酱的气味，牛奶和煎蛋的气味……此刻居然每个小孩都是笑眯眯的。而且，每个孩子都抱在母亲怀里，个个看来都像西洋名画里的“圣母圣婴”图。

“究竟谁是昨天晚上那只该死的小魔鬼呢？”

我反复盯着他们的小脸看，就是找不出一个来。更要命的是：他们一点不知道我此刻巡视的目的，在我盯着他们看的时候，他们居然友善地回望着我，大眼睛晶晶亮亮，里面漾满不设防的天真笑意。天啊，他们不单不是小魔鬼，他们简直个个都是天使哪！

要不是因为飞机是密闭的，我真会以为昨天晚上哭闹的小魔鬼另有其人，他们此刻已经走了，而现在这批小娃娃是新来的。

回到座位上，我不禁笑了，回想自己抚育婴儿的经验，小孩的确是集魔鬼和天使于一身的一种奇怪生物。圣人之所以被“性善说”“性恶说”弄得糊里糊涂，很可能就是因为他们弄不清自家娃娃究竟是小天使还是小魔鬼。

不过，话也说回来，关于成人——也就是大号婴儿这种生物——又有几个不是集魔鬼与天使于一身的呢？

我们是吸尘器

家里只剩一包生力面（一种行销台湾的速食面）了，哥哥和妹妹争着想吃。做父母的只有主持正义一人分半碗。

也许由于分量少，两个孩子把面吃得干干净净，连汤汁都不剩一滴，吃完了哥哥搀着妹妹的手骄傲地来找我去检阅。

“你看，”他指着光溜的碗说，“我们是生力面的吸尘器。”

只要我们立志快乐，贫穷和缺乏也自有其情趣。所罗门王的箴言书中说：“吃素菜，彼此相爱，强如吃肥牛彼此相恨。”

那一次共分的半包面，竟是他们吃得最舒畅的一次。

我现在知道左右了

女儿摔了一跤，当时也没哭，二天后才发现锁骨受了伤，她的左手因此举不起来，又痛又不方便，要康复还得很长一段时间。

我心里当然不舒服，可是她自己却发现了一项意外的收获。

“哈，我现在知道哪边是左边了！”

她太小，一直搞不清楚左右，这下好了，她知道了，痛的那边就是左！

有一句话说：“当上帝关上了所有的门，他会给你留一扇窗。”

我们总是不甘心地哭着去捶那厚重的门，却忘记那个开向清风明月的窗。

本来，我想先跌

这是一个朋友告诉我的故事。

有一天，她带着五岁的儿子去散步，她一向不是精明的人，那天走着走着，不知怎么的，忽然往前一栽，跌了一大跤。

那一跤跌得很不轻，她的儿子笨拙地喃喃道："妈妈，我看你要跌了，我真着急，本来，我想先跌在你前面，这样，你再跌的时候就可以跌在我身上，就不痛了，可是，我来不及跌……"

那一跤跌得真的很不轻，但能跌出孩子的那一番柔情而动人的话来，也不能不令做母亲的浑然忘记痛楚。

原来，那么小那么小的一个小形体里面，也可以塞入那么多那么多的爱。

我们是从什么时候开始失去了那样的浓缩密集的爱的？

命甜

儿子不知在哪里听说有“命苦”一词，立刻举一反一地想到了命甜，而且，兴冲冲地跑来找我。

“妈妈，我的命很甜！”

“什么？”

“命甜！我有吃、有穿、有住、有行——”

“有行？”我大惑不解，我们家并没有车——连脚踏车也没有。

曾经有一段时间，我被买不买车的问题折腾得要命，但后来冷静一想，在巴士和的士如此方便的台北市其实并无买车的必要，省下的钱还可以襄助许多有意义的工作。

“是呀，有行——我不是有两双鞋吗？”

原来我的行是指车，他的行却是指鞋！他是对的，有上天所给的一双腿，有两双胶鞋，天下哪里不能去？鞋也可以是堂堂正正的行。

我第一次发现，我们都可以是命很甜很甜的。

只叫我天天端盘子

对读幼稚园的小女儿而言，天下最美味的东西就是巷口的老邓所卖的馄饨。

不管古今中外有若干名厨与佳肴，反正她只认定“老邓的馄饨”是最最最最好吃的东西。

如果她有什么可奖励的事，如果我们偶然想给她一些快乐，一点也不难，只要“请吃老邓馄饨”就皆大欢喜了。

有一天，我有点不耐烦地对她说：

“我看，你如果生在老邓家，是他们的女儿就好了，你可以天天吃馄饨，早上吃馄饨，中午吃馄饨，晚上吃馄饨……”

“谁说的？”她一副小大人的模样，“说不定他们不给我馄饨吃，只叫我天天端盘子！”

我真的被她的话吓了一跳，那里面几乎有一种大彻大悟的智慧，身为成人，我们经常只会抱怨、自苦，经常在自己的幻觉里去美化所不曾拥有的事物，然后在争取到手以后再懊悔……

我们真的不及一个小小的孩子。

如果我看不懂

带儿子去看电影，刚坐下，他忽然说：

“妈妈，如果我看不懂——”

“那就怎么样——”

他故意停了一下，我想我差不多可以猜到答案了，他一定会接着说：

“请你讲给我听。”

居然不是的，他说：

“如果我看不懂——请你也不要讲给我听。”

我真的大吃了一惊！

原来，瞎看瞎猜也比忍受别人转述的故事为好！

原来，对于成长中的心智而言，错误也是一项权利——不容被剥夺的权利。

他可能因为坚持凡事自己来而多吃许多苦——但有什么关系呢？哪一个成熟的心灵不是这样长大的呢！

绿色的书简

梅梅、素素、圆圆、满满、小弟和小妹：

当我一口气写完了你们六个名字，我的心中开始有着异样的感动，这种心情恐怕很少有人会体会的，除非这人也是五个妹妹和一个弟弟的姐姐，除非这人的弟妹也像你们一样惹人恼又惹人爱。

此刻正是清晨，想你们也都起身了吧？真想看看你们睁开眼睛时的样子呢！六个人，刚好有一打亮而圆的紫葡萄眼珠儿，想想看，该有多可爱——十二颗滴溜溜的葡萄珠子围着餐桌，转动着，闪耀着，真是一宗可观的财富啊！

现在，太阳升上来，雾渐渐散去，原野上一片渥绿，看起来绵软软的，让我觉得即使我不小心，从这山上摔了下去，也不会擦伤一块皮的，顶多被弹两下，沾上一袜子洗不掉的绿罢了。还有那条绕着山脚的小河，也泛出绿色了，那是另外一种绿，明晃晃的，像是抹了油似的；至于山，仍是绿色，却是一堆浓郁郁的黛绿，让人觉得，无论从哪里下手，都不能拨开一条小缝的，让人觉得，即使刨开它两层下来，它的绿仍然不会减色的。此外，我的纱窗也是绿的，极浅极浅的绿，被太阳一照，当真就像古美人的纱裙一样缥缈了。你们想，我在这样一个染满了绿意的早晨和你们写信，我的心里又焉能不充溢着生气勃勃的绿呢？

这些年来我很少和你们写信，每次想起来心中总觉得很愧疚，其实我何尝忘记过你们呢？每天晚上，当我默默地说：“求全能的天父看顾我的弟弟妹妹。”我的心情总是激动的，而你们六张小脸便很自然地浮现在我脑中，每当此际我要待好一会才能继续说下去。我常想要告诉你们，我是如何喜欢你们，尽管我们拌过嘴，打过架，赌咒发誓不跟对方说话，但如今我长大了，我便明白，我们原是一块珍贵的绿宝石，被一双神奇的手凿成了精巧的七颗，又系成一串儿。弟弟妹妹们，我们真该常常记得，我们是不能分割的一串儿！

前些日子我曾给妈妈寄了一张毕业照去，不知道你们看到没有，我想你们对那顶方帽子都很感兴趣吧？我却记得，当我在照相馆中换上了那套学士服的时候，眼眶中竟充满了泪水。我常想，奋斗四年得到一个学位，混四年何尝不也得一个学位呢？所不同的，大概唯有冠上那顶帽子时内心的感受吧！我记得那天我曾在更衣镜前痴立了许久，我想起了我们的祖父，他赶上一个科举甫废的年代，什么功名也没有取得；我也想起了我们的父亲，他是个半生戎马的军人，当然也就没有学位可谈了。而我何幸成为这家族中的第一个获得学士学位的人？这又岂是我一人之功，生长于这种乱世，而竟能在免于冻馁之外，加上进德修业的机会，上天何其钟爱我！

我不希望这是我们家仅有的一顶方帽子，我盼望你们也能去争取它。真盼望将来有一天，我们老了，大家把自己的帽子和自己的儿孙的帽子都陈设出来，足足地堆上一个屋子。（记得吗？“一屋子”是我们形容数目的最高级形容词。有时候，一千一万一亿都及不上它的。）

在那顶方帽子之下，你们可以看到我新剪的短发，那天为着照相，勉强修饰了一下，有时候，实在乱得不像样，我却爱引用肯尼迪总统在别人攻击他头发时所说的一句话，他说：“我相信所有治理国家的东西，是长在头皮下面，而不是上面。”为了这句话，我就愈发忘形了，无论是哪一种发式，我很少把它弄得服帖过，但我希望你们不要学我，尤其是妹妹们，更应该时常修饰得整整齐齐，妇容和妇德是同样值得重视的。

当然，你们也会看到在头发下面的那双眼，尽管它并不晶莹美丽，像小说上所形容的，但你们可曾在其中发现一丝的昏暗和失望吗？没有，你们的姐姐虽然离开家，到一个遥远的陌生地去求学，但她从来没有让目光下垂过，让脚步颓唐过，她从来不沮丧，也不灰心，你们都该学她，把眼睛向前看，向那无比远大的前程望去。

你们还看见什么呢？看到那件半露在学士服外的新旗袍了吧？你们同学的姐姐可能也有一件这样的白旗袍，但你们可以骄傲，因为你们姐姐的这一件和她们有所不同，因为是我用脑和手去赚得的，不久以后你们会发现，一个人靠努力赚得自己的衣食，是多么快乐而又多么骄傲的一件事。

最后，你们必定会注意到那件披在外面、宽大而严肃的学士服，爱穿新衣服的小妹也许很想试试吧？其实这衣服并不好看，就如获得它的过程并不平顺一样，人生中有很多东西都是这样的。美丽耀眼的东西在生活中并不多见，而获得任何东西的过程，却没有不艰辛的。

我费了这些笔墨，我所想告诉你们的岂是一张小照吗？我渴望让你们了解我所了解的，付上我所付上的，得着我所得着的，我企望你们都能赶上我，并且超越我！

梅梅也许是第一个步上这条路的，因为你即将高中毕业了，我希望你在最后两个月中发愤读点书。我一向认为你是很聪明的，也许就因为聪明的缘故，你对教科书丝毫不感兴趣。其实以往我何尝甘心读书，我是宁愿到校园中去统计每一朵玫瑰花的瓣儿，也不屑去做代数习题的。但是，妹妹，无论如何，我们不能勉强每一件事都如我们的意，我们固然应该学我们所爱好的东西，却也没有理由摒弃我们所不感兴趣的东西。我知道你也喜欢写作的，前些日子我偶然从一个同学的剪贴簿上发现我们两个人的作品，私心窃喜不已，这证明我们两人的作品不但被刊载，也被读者所喜爱，我为自己欣慰，更为你欣慰，你是有前途的，不要就此截断你上进的路。大学在向你招手，你来吧，大学会训练你的思想，让你通过这条路而渐渐臻于成熟和完美。

素素读的是商职，这也是好的，我们家的人都不长于计算，你好好地读，倒也可以替大家出一口气。最近家中的芒果和橄榄都快熟了，你一向好吃零食，小心别又弄得胃痛了。你有一个特点，就是喜欢漂亮的衣服，其实这也不算坏事，正好可以补我不好打扮的短处，只是还应该把自己喜欢衣服的心推到别人身上去，像杜甫一样，以天下的寒士为念。再者，将来你不妨用自己的努力去换取你所心爱的东西，这样，正如我刚才所说的，你不但能享受“获得”的喜悦，还能享受“去获得”的喜悦。

圆圆，你正是十四岁，我很了解在这种年龄的孩子，这一段日子是最不好受的了，自己总弄不清楚该算成人还是小孩，不过，时间自会带你度过这个关口。你的英文和数学总不肯下功夫，这也是我的老毛病，如今我渐渐感到自己在这方面吃了不少的亏，你才初二，一切从头做起，并不为晚，许多人一生的资源，都是在你这种年龄的时候贮存的。我知道，你是可造之才，我期待着看到你成功，看到你初中毕业、高中毕业、大学毕业……你小时候，我的同学们每次看到你便喜欢叫你“小甜甜”，我希望你不仅让别人从你的微笑里领到一份甜蜜，更该让父母和一切关切你的人，从你的成功而得到更大的甜蜜。

至于满满，你才读小学四年级，我常为你早熟的思想担忧。五岁的时候，你画的人头已不逊于任何一位姐姐了，六岁的时候，居然能用注音字母拼着编出一本简单的故事，并且还附有插图呢！你常常恃才不好读书，而考试又每每名列前茅。其实，我并不欣赏你这种成功，我希望每一个人都尽自己的力，不管他的才分如何，上天并没有划定一批人，准许他们可以单凭才气而成功。你还有一个严重的缺点，就是好胜心太强，不管是吃的，是穿的，是用的，你从来不肯输给别人，往往为了一句话，竟可以负气忍一顿饿，记得我说你是“气包子”吗？实在和人争并不是一件好事，原来你在姐妹中可以算作最漂亮的一个，可是你自己那副恶煞的神气，把你的美全破坏了。渐渐地，你会明白，所谓美，不是尼龙小蓬裙所能撑起来的，也不是大眼睛和小嘴巴所能凑成的，美是一种说不出的品德，一种说不出的气质。也许现在你还不能体会，将来你终会领悟的。

弟弟，提起你，我不由得振奋了，虽说重男轻女的时代早已过去，但你是我们家唯一的男孩，无论如何，你有着更重要的位置。最近你长胖一点了吧？早几年我们曾打过好几次架，也许再过两年我便打不过你了。在家里，我爱每一个妹妹，但无疑地，我更期望你的成功。我属蛇，你也属蛇，我们整整差了一个生肖，我盼望一个弟弟，盼望了十二年，我又焉能不偏疼你？当然我的意思并不是说我要对你宽大一点，相反，我要严严地管你，紧紧盯你，因为，你是唯一继承大统的，你只能成功，不能失败。

我们常爱问你长大后要做什么，你说要沿着一条街盖上几栋五层楼的百货公司，每个姐妹都分一栋，并且还要在阳台上搭一块板子，彼此沟通，大家便可以跳来跳去地玩。你想得真美，弟弟，我很高兴你是这样一个纯真可爱、而又肯为别人着想的小男孩。

你也有缺点的，你太好哭了，缺乏一点男孩子气，或许是姐妹太多的缘故吧？梅姐曾答应你，只要你有一周不哭的纪录，便带你去钓鱼，你却从来办不到，不是太可惜吗？弟弟，我不是反对哭，英雄也是会落泪的，但为了丢失一个水壶而哭，却是毫无道理的啊！人生的路上荆棘多着呢，那些经历将把我们刺得遍体流血，如果你现在不能忍受这一点的不顺，将来你怎能接受人生更多的磨炼呢？

最后，小妹妹，和你说话真让我困扰，你太顽皮，太野，你真该和你哥哥调个位置的。记得我小时候，总是梳着光溜溜的辫子，坐在妈妈身边，听七个小矮人的故事，你却爱领着四邻的孩子一同玩泥沙，直弄得浑身上下像个小泥人儿，分不出哪是眉毛，哪是脸颊，才回来洗澡。我无法责备你，你总算有一个长处——你长大以后，一定比我活泼，比我勇敢，比我能干。将来的世代，也许必须你这种典型才能适应。

你还小，有很多话我无法让你了解，我只对你说一点，你要听父母和老师的话，听哥哥姐姐的话，其实，做一个听话者比一个施教者是幸福多了，我常期望仍能缩成一个小孩，像你那样，连早晨起来穿几件衣服也不由自己决定，可惜已经不可能了。

我写了这样多，朝阳已经照在我的信笺上了，你们大概都去上学了吧？对了，你们上学的路上，不也有一片稻田吗？你们一定会注意到那新稻的绿，你们会想起你们的姐姐吗？——那生活在另一处绿色天地中的姐姐。那么，我教你们，你们应该仰首对穹苍说："求天父保佑我们在远方的小姐姐，叫她走路时不会绊脚，睡觉时也不会着凉。"

现在，我且托绿衣人为我带去这封信，等傍晚你们放学回家，它便躺在你们的书桌上了。我希望你们不要抢，只要静静地坐成一个圈儿，由一个人读给大家听。读完之后，我盼望你们中间某个比较聪明的会站起来，望着庭中如盖的绿树，说：

"我知道，我知道小姐姐为什么写这封信给我们，你们看，春天来了，树又绿了，小姐姐要我们也像春天的绿树一样，不停地向上长进呢！"

当我在逆旅中，遥遥地从南来的熏风中辨出这句话，我便要掷下笔，满意地微笑了。

母亲的羽衣

讲完了牛郎织女的故事，细看儿子已经垂睫睡去，女儿却犹自瞪着坏坏的眼睛。

忽然，她一把抱紧我的脖子把我赘（此字稍俗，也有人以为当写成“坠”）得发疼：

“妈妈，你说，你是不是仙女变的？”

我一时愣住，只胡乱应道：

“你说呢？”

“你说，你说，你一定要说。”她固执地扳住我不放，“你到底是不是仙女变的？”

我是不是仙女变的？——哪一个母亲不是仙女变的？

像故事中的小织女，每一个女孩都曾住在星河之畔，她们织虹纺霓，藏云捉月，她们几曾烦心挂虑？她们是天神最偏怜的小女儿，她们终日临水自照，惊讶于自己美丽的羽衣和美丽的肌肤，她们久久凝注着自己的青春，被那份光华弄得痴然如醉。

而有一天，她的羽衣不见了，她换上了人间的粗布——她已经决定做一个母亲。有人说她的羽衣被锁在箱子里，她再也不能飞翔了，人家还说，是她丈夫锁上的，钥匙藏在极秘密的地方。

可是，所有的母亲都明白那仙女根本就知道箱子在哪里，她甚至也知道藏钥匙的所在。在某个无人的时候，她甚至会惆怅地开启箱子，用忧伤的目光抚摸那些柔软的羽毛。她知道，只要羽衣一着身，她就会重新回到云端，可是她把柔软白亮的羽毛拍了又拍，仍然无声无息地关上箱子，藏好钥匙。

是她自己锁住那身昔日的羽衣的。

她不能飞了，因为她已不忍飞去。

而狡黠的小女儿总是偷窥到那藏在母亲眼中的秘密。

许多年前，那时我自己还是一个小女孩，我总是惊奇地窥伺着母亲。

她在口琴背上刻了小小的两个字——“静鸥”，那里面有什么故事吗？那不是母亲的名字，却是母亲名字的谐音，她也曾梦想过自己是一只静栖的海鸥吗？她不怎么会吹口琴，我甚至想不起她吹过什么好听的歌，但那名字对我而言是母亲神秘的羽衣，她轻轻写那两个字的时候，她可以立刻变了一个人，她在那名字里是另外一个我所不认识的有翅的什么。

母亲晒箱子的时候是她另外一种异常的时刻，母亲似乎有好些东西，完全不是拿来用的，只为放在箱底，按时年年在三伏天取出来曝晒。

记忆中母亲晒箱子的时候就是我兴奋欲狂的时候。

母亲晒些什么？我已不记得，记得的是樟木箱又深又沉，像一个混沌黝黑初生的宇宙，另外还记得的是阳光下竹竿上富丽夺人的颜色，以及怪异却又严肃的樟脑味，以及我在母亲喝禁声中东摸摸西探探的快乐。

我唯一真正记得的一件东西是一幅漂亮的湘绣被面，雪白的缎子上，绣着兔子和翠绿的小白菜，和红艳欲滴的小杨花萝卜，全幅上还绣了许多别的令人惊讶赞叹的东西，母亲一面整理，一面会忽然回过头来说：“别碰，别碰，等你结婚就送给你。”

我小的时候好想结婚，当然也有点害怕，不知为什么，仿佛所有的好东西都是等结了婚就自然是我的了，我觉得一下子有那么多好东西也是怪可怕的事。

那幅湘绣后来好像不知怎么就消失了，我也没有细问。对我而言，那么美丽得不近乎真实的东西，一旦消失，是一件合理得不能再合理的事。譬如初春的桃花，深秋的枫红，在我看来都是美丽得违了规的东西，是茫茫大化一时的错误，才胡乱把那么多的美堆到一种东西上去，桃花理该一夜消失的，不然岂不教世人都疯了？

湘绣的消失对我而言简直就是复归大化了。

但不能忘记的是母亲打开箱子时那份欣悦自足的表情，她慢慢地看着那幅湘绣，那时我觉得她忽然不属于周遭的世界，那时候她会忘记晚饭，忘记我扎辫子的红绒绳。她的姿势细想起来，实在是仙女依恋地轻抚着羽衣的姿势，那里有一个前世的记忆，她又快乐又悲哀地将之一一拾起，但是她也知道，她再也不会去拾起往昔了——唯其不会重拾，所以回顾的一刹那更特别地深情凝重。

除了晒箱子，母亲最爱回顾的是早逝的外公对她的宠爱，有时她胃痛，卧在床上，要我把头枕在她的胃上，她慢慢地说起外公。外公似乎很舍得花钱（当然也因为有钱），常常带她上街去吃点心。她总是告诉我当年的肴肉和汤包怎么好吃，甚至煎得两面黄的炒面和女生宿舍里早晨订的冰糖豆浆（母亲一再强调“冰糖”豆浆，因为那是比“砂糖”豆浆为高贵的），都是超乎我想象力之外的美味。我每听她说起那些事的时候，都惊讶万分——我无论如何不能把那些事和母亲联想在一起。我从有记忆起，母亲就是一个吃剩菜的角色，红烧肉和新炒的蔬菜简直就是理所当然地放在父亲面前的，她自己的面前永远是一盘杂拼的剩菜和一碗“擦锅饭”（擦锅饭就是把剩饭在炒完菜的剩锅中一炒，把锅中的菜汁都擦干净了的那种饭），我简直想不出她不吃剩菜的时候是什么样子。

而母亲口里的外公，上海、南京、汤包、肴肉全是仙境里的东西，母亲每讲起那些事，总有无限的温柔，她既不感伤，也不怨叹，只是那样平静地说着。她并不要把那个世界拉回来，我一直都知道这一点，我很安心，我知道下一顿饭她仍然会坐在老地方，吃那盘我们大家都不爱吃的剩菜。而到夜晚，她会照例一个门一个窗地去检点去上闩。她一直都负责把自己牢锁在这个家里。

哪一个母亲不曾是穿着羽衣的仙女呢？只是她藏好了那件衣服，然后用最黯淡的一件粗布把自己掩藏了，我们有时以为她一直就是那样的。

而此刻，那刚听完故事的小女儿鬼鬼地在窥伺着什么？

她那么小，她何由得知？她是看多了卡通，听多了故事吧？她也发现了什么吗？

是在我的集邮本偶然被儿子翻出来的那一刹那吗？是在我拣出石涛画册或汉碑并一页页细味的那一刻吗？是在我猛然回首听他们弹一阕熟悉的钢琴练习曲的时候吗？抑或是在我带他们走过年年的春光，不自主地驻足在杜鹃花旁或流苏树下的一瞬间吗？

或是在我动容地托住父亲的勋章或童年珍藏的北平画片的时候，或是在我翻拣夹在大字典里的干叶之际，或是在我轻声地教他们背一首唐诗的时候……

是有什么语言自我眼中流出吗？是有什么音乐自我腕底泻过

吗？为什么那小女孩会问道：

“妈妈，你是不是仙女变的呀？”

我不是一个和千万母亲一样安分的母亲吗？我不是把属于女孩的羽衣收折得极为秘密吗？我在什么时候泄漏了自己呢？

在我的书桌底下放着一个被人弃置的木质砧板，我一直想把它挂起来当一幅画，那真该是一幅庄严的画，那样承受过万万千千生活的刀痕和凿印的，但不知为什么，我一直也没有把它挂出来……

天下的母亲不都是那样平凡不起眼的一块砧板吗？不都是那样柔顺地接纳了无数尖锐的割伤却默无一语的砧板吗？

而那小女孩，是凭什么神秘的直觉，竟然会问我：

“妈妈？你到底是不是仙女变的？”

我掰开她的小手，救出我被吊得酸麻的脖子，我想对她说：

“是的，妈妈曾经是一个仙女，在她做小女孩的时候，但现在，她不是了，你才是，你才是一个小小的仙女！”

但我凝注着她晶亮的眼睛，只简单地说了一句：

“不是，妈妈不是仙女，你快睡觉。”

“真的？”

“真的！”

她听话地闭上了眼睛，旋又不放心地睁开：

“如果你是仙女，也要教我仙法哦！”

我笑而不答，替她把被子掖好，她兴奋地转动着眼珠，不知在想什么。

然后，她睡着了。

故事中的仙女既然找回了羽衣，大约也回到云间去睡了。

风睡了，鸟睡了，连夜也睡了。

我守在两张小床之间，久久凝视着她们的睡容。

血沥骨

在唐代，有一个名叫王少元的孤儿。他是一个遗腹子，当年父亲为乱兵所杀，弃骨荒冢。

王少元长到十几岁，知道事象，小小的心中只有一个悲哀的愿望：他想到荒野中去找回父亲，重行安葬。可是，他生平连父亲的面都不曾一见。其实就算他曾在模糊的记忆里有过父亲的面貌，此刻父亲也已经是没有面目可言的枯骨了。他所知道的，只是别人指给他的，一个粗略的位置。而战乱十余年之后，怎样才能在一片森森的白骨间去找到属于父亲的那一把呢？

他听人说起一种验定的方法，就是把自己的血滴在死人的骨头上，如果是亲子关系，血液会渗到骨头里去。如果不是，血液就渗不进去。那少年听了这话，果真到荒野上去实验，他穿破自己的肌肤，试着把鲜血一一去染红荒野的白骨。

从破晓到黄昏，他匍匐在荒冢之间，一个时辰过去了，两个时辰过去了，他的心比他的伤口更痛。然后，一天过去了，两天过去了，他的全身刺满了小小的破口，他成了一座血泉，正慢慢地，不断地流出血来，这样的景象，连天神也要感动吧！

到了第十天，他终于找到这样一具枯骨，他滴下去的血，那骨头立刻接受了。而且，深深地，深深地吸了进去，像是要拥抱那血液的主人一般。那少年终于流下眼泪，把枯骨虔诚地抱回家，重新营葬。

那种认亲的方法并不见得正确，可是，使这故事动人的，是在方法正误之外的那少年真诚寻根的一颗心。

一握头发

洗脸池的右角胡乱放着一小团湿头发，犯人很好抓，准是女儿做的，她刚才洗了头。

讨厌的小孩，自己洗完了头，却把掉下来的头发放在这里不管，什么意思？难道要靠妈妈一辈子吗？我愈想愈生气，非要去教训她一场不可！

抓着那把头发，这下子是人赃俱获，还有什么可以抵赖，我朝她的房间走去。

忽然，我停下脚来。

她的头发在我的手指间显得如此细软柔和，我轻轻地搓了搓，这分明只是一个小女孩的头发啊，对于一个乖巧的肯自己去洗头发的小女孩，你还能苛求她什么呢？

而且，她柔软的头发或者是继承了我的吧，许多次，洗头发的小姐对我说：

“你的头发好软啊！”

“噢——”

“头发软的人好性情。”

我笑笑，作为一个家庭主妇，不会有太好的性情吧？

古人以三十年为一世，我现在握着女儿的细细的柔发，有如握着一世以前自己的发肤。

我走到女儿的房间，她正聚精会神地在看一本故事书。

“晴晴，”我简单地对她说，“你洗完头以后有些头发没有丢掉，放在洗脸池上了。”

她放下故事书，眼中有着等待挨骂的神气。

“我刚才帮你丢了，但是，下一次，希望你自己去丢。”

“好的。”她很懂事地说。

我走开，让她继续走入故事的途径——以前，我不也是那样的吗？

那夜的烛光

临睡以前，晴晴赤脚站在我面前说：

“妈妈，我最喜欢的就是台风。”

我有一点生气，这小捣蛋，简直不知人间疾苦，每刮一次大风，有多少屋顶被掀跑，有多少地方会淹水，铁路被冲断，家庭主妇望着六十元一斤的小白菜生气……而这小女孩却说，她喜欢台风。

“为什么？”我尽力压住性子。

“因为有一次台风的时候停电……”

“你是说，你喜欢停电？”

“停电的时候，你就去找蜡烛。”

“蜡烛有什么特别的？”我的心渐渐柔和下来。

“我拿着蜡烛在屋里走来走去，你说我看起来像小天使……”

那是多年前的事了吧？我终于在惊讶中静穆下来，她一直记得我的一句话，而且因为喜欢自己在烛光中像天使的那份感觉，她竟附带的也喜欢了台风之夜。

也许，以她的年龄，她对天使是什么也不甚了然，她喜欢的只是我那夜称赞她时郑重而爱宠的语气。一句不经意的赞赏，竟使时光和周围情境都变得值得追忆起来，多可回溯的画面啊！那夜，有一个小女孩相信自己像天使，那夜，有一个母亲在淡淡的称许中，制造了一个天使。

娇女篇——记小女儿

人世间的匹夫匹妇，一家一计的过日子人家，岂能有大张狂，大得意处？所有的也无非是一粥一饭的温馨，半丝半缕的知足，以及一家骨肉相依的感恩。

女儿的名字叫晴晴，是三十岁那年生的，强说愁的年龄过去了，渐渐喜欢平凡的晴空了。烟雨村路只宜在水墨画里，雨润烟浓只能嵌在宋词的韵律里，居家过日子，还是以响蓝的好天气为宜，女儿就叫了晴晴。

晴晴长到九岁，我们一家去恒春玩。恒春在屏东，屏东犹有我年老的爹娘守着，有桂花、有玉兰花以及海棠花的院落。过一阵子，我就回去一趟，回去无事，无非听爸爸对外孙说："哎哟，长得这么大了，这小孩，要是在街上碰见，我可不敢认哩！"

那一年，晴晴九岁，我们在佳洛水玩。我到票口去买票，两个孩子在一旁等着，做父亲的一向只顾拨弄他自以为得意的照相机。就在这时候，忽然飞来一只蝴蝶，轻轻巧巧就闯了关，直接飞到闸门里面去了。

"妈妈！妈妈！你快看，那只蝴蝶不买票，它就这样飞进去了！"

我一惊，不得了，这小女孩出口成诗哩！

"快点，快点，你现在讲的话就是诗，快点记下来，我们去投稿。"

她惊奇地看着我，不太肯相信：

"真的？"

"真的。"

诗是一种情缘，该碰上的时候就会碰上，一花一叶，一蝶一浪，都可以轻启某一扇神秘的门。

她当时就抓起笔，写下这样的句子：

我们到佳洛水去玩，
进公园要买票，
大人十块钱，

小孩五块钱，

但是在收票口，

我们却看到一只蝴蝶，

什么票都没有买，

就大模大样地飞进去了。

哼！真不公平！

“这真的是诗哇？”她写好了，仍不太相信。直到九月底，那首诗登在报上的“小诗人王国”上，她终于相信那是一首诗了。

及至寒假，她快十岁了，有天早上，她接到一通电话，接到电话以后她又急着要去邻居家。这件事并不奇怪，怪的是她从邻家回来以后，宣布说邻家玩伴的大姐姐，现在做了某某电视公司儿童节目的助理。那位姐姐要她去找些小朋友来上节目，最好是能歌善舞的。我和她父亲一时目瞪口呆，这小孩什么时候竟被人聘去做“小小制作人”了？更怪的是她居然一副身膺重命的样子，立刻开始筹划，她的程序如下：

一、先拟好一份同学名单，一一打电话。

二、电话里先找同学的爸爸妈妈，问曰：“我要带你的女儿（儿子）去上电视节目，你同不同意？”

三、父母如果同意，再征求同学本人同意。

四、同学同意了，再问他有没有弟弟妹妹可以一起带来？

五、人员齐备了，要他们先到某面包店门口集合，因为那地方目标大，好找。

六、她自己比别人早十五分钟到达集合地。

七、等齐了人，再把他们列队带到我们家来排演，当然啦，导演是由她自己荣任的。

八、约定第二、三次排练时间。

九、带她们到电视台录影，圆满结束，各领一个弹弹球为奖品回家。

那几天，我们亦惊亦喜，她什么时候长得如此大了，办起事来俨然有大将之风，想起《屋顶上的提琴手》里婚礼上的歌词：

这就是我带大的小女孩吗？
这就是那戏耍的小男孩？
什么时候他们竟长大了？
什么时候呀？他们……

想着，想着，万感交集，一时也说不清悲喜。

又有一次，是夜晚，我正在跟她到香港小留的父亲写信，她拿着一本地理书来问我：

“妈妈，世界上有没有一条三寸长的溪流？”

小孩的思想真令人惊奇，大概出于不服气吧？为什么书上老是要人背最长的河流、最深的海沟、最高的主峰以及最大的沙漠，为什么没有人理会最短的河流呢？那件事后来也变成了一首诗：

我问妈妈：
“天下有没有三寸长的溪流？”
妈妈正在给爸爸写信，
她抬起头来说：
“有——
就是眼泪在脸上流。”我说：“不对，不对——溪流的水应该是淡水。”

初冬的晚上，两个孩子都睡了，我收拾他们做完功课的桌子，竟发现一张小小的宣传单，一看之下，不禁大笑起来。后生毕竟是如此可畏，忙叫她父亲来看，这份宣传单内容如下：

你想学打毛线吗？教你钩帽子，围巾，小背心。一个钟头才二元哦（毛线自备或交钱买随意）。
时间：一至六早上，日下午。
寒假开始。
需者向林质心登记。

这种传单她写了许多份，看样子是广作宣传用的，我们一方面惊讶她的企业精神，一方面也为她的大胆吃惊。她哪里会钩背心，只不过背后有个奶奶，到时候现炒现卖，想来也要令人捏冷汗。这个补习班后来没有办成，现代小女生不爱钩毛线，她也只有自叹无人来续绝学。据她自己说，她这个班是“服务”性质，一小时二元是象征性的学费，因为她是打算“个别敬授”的。这点约略可信，因为她如果真想赚钱，背一首绝句我付她四元，一首律诗是八元，余价类推。这样稳当的“背诗薪水”她不拿，却偏要去“创业”，唉！

女儿用钱极省，不像哥哥，几百块的邮票一套套地买。她唯一的嗜好是捐款，压岁钱全被她成千成百地捐掉了，每想劝她几句，但劝孩子少作捐款，总说不出口，只好由她。

女儿长得高大红润，在班上是体形方面的头号人物，自命为全班女生的保护人。有哪位男生敢欺负女生，她只要走上前去瞪一眼，那位男生便有泰山压顶之惧。她倒不出手打人，并且一本正经地说：

“我们空手道老师说的，我们不能出手打人，会打得人家受不了的。”

俨然一副名门大派的高手之风，其实，也不过是个“白带级”的小侠女而已。

她一度官拜文化部长，负责一个“图书柜”，成天累得不成人形，因为要为一柜子的书编号，并且负责敦促大家好好读书，又要记得催人还书，以及要求大家按号码放书……

后来她又受命做卫生排长，才发现指挥人扫地擦桌原来也是那么复杂难缠，人人都嫌自己的工作重，她气得要命。有一天我看到饭桌上一包牛奶糖，很觉惊奇，她向来不喜甜食的。她看我挪动她的糖，急得大叫：

“妈妈，别动我的糖呀！那是我自己的钱买的呀！”

“你买糖干什么？”

“买给他们吃的呀，你以为带人好带啊？这是我想了好久才想出来的办法呀！哪一个好好打扫，我就请他吃糖。”

快月考了，桌上又是一包糖。

“这是买给我学生的奖品。”

“你的学生？”

“是呀，老师叫我做 ×× 的小老师。”

×× 的家庭很复杂，那小女孩从小便有种种花招，女儿却对她有百般的耐心，每到考期女儿自己不读书，却累得上气不接下气地教她。

“我跟她说，如果数学考四十五分以上就有一块糖，五十分二块，六十分三块，七十分四块，……”

“什么？四十五分也有奖品？”

“啊哟，你不知道，她什么都不会，能考四十分，我就高兴死啦！”

那次月考，她的高足考了二十多分，她仍然赏了糖，她说：

“也算很难得啰！”

我正在聚精会神地看一本书，她走到我面前来：

“我最讨厌人家说我是好学生了！”

我本来不想多理她，只哦了一声，转而想想，不对，我放下书，在灯下看她水蜜桃似的有着细小茸毛的粉脸：

“让我想想，你为什么不喜欢人家叫你‘好学生’，哦！我知道了，其实你愿意做好学生的，但是你不喜欢别人强调你是‘好学生’，因为有‘好学生’，就表示另外有‘坏学生’，对不对？可是那些‘坏学生’其实并不坏，他们只是功课不好罢了，你不喜欢人家把学生分成二种，你不喜欢在同一个班上有这样的歧视，对不对？”

“答对了！”她脸上掠过被了解的惊喜，以及好心意被窥知的羞赧，语音未落，人已跑跑跳跳到数丈以外去了，毕竟，她仍是个孩子啊！

那天，我正在打长途电话，她匆匆递给我一首诗：

“我在作文课上随便写的啦！”

我停下话题，对女伴说：

“我女儿刚送来一首诗，我念给你听，题目是‘妈妈的手’”：

婴孩时——

妈妈的手是冲牛奶的健将，

我总喊："奶，奶。"

少年时——

妈妈的手是制便当的巧手，

我总喊："妈，中午的饭盒带什么？"

青年时——

妈妈的手是找东西的魔术师，

我总喊："妈，我东西不见啦！"

新娘时——

妈妈的手是奇妙的化妆师，

我总喊："妈，帮我搽口红。"

中年时——

妈妈的手是轻松的手，

我总喊："妈，您不要太累了！"

老年时——

妈妈的手是我思想的对象，

我总喊："谢谢妈妈那双大而平凡的手。"

然后，我的手也将成为另一个孩子思想的对象。

念着念着，只觉哽咽，母女一场，因缘也只在五十年内吧！其间并无可以书之于史，勒之于铭的大事，只是细细琐琐的俗事俗务。但是，俗事也是可以入诗的，俗务也是可以萦人心胸、久而芬芳的。

世路险巇，人生实难，安家置产，也无非等于衔草于老树之巅，结巢于风雨之际。如果真有可得意的，大概止于看见小儿女的成长如小雏鸟张目振翅，渐渐地能跟我们一起盘桓上下，并且渐渐地既能出入青云，亦能纵身人世。所谓得意事，大约如此吧！

我的脸是给妈妈 Kiss 用的

和能言善道颇具逻辑观念的“哥哥”比较起来，小女儿晴晴的言语别有一种可爱的稚拙。杜甫“语不惊人死不休”的壮志必须借用苦吟为手段，小女儿却天生是个“语惊四座”的人。

“你的脚是做什么用的？”

“走路用的。”

“你的耳朵是做什么用的？”

“听话用的。”

“我的小脸，”她指着自己蔷薇色的两颊，“是给妈妈 Kiss 用的。”

能用我们的身体去爱或被爱是一件多可惊异的美好的事！成

人的世界里有太多“功利”观念，我们身体每一部分的功能都被指定标明了。其实，除了打字，上帝所赐的双手不是更该用来握一个穷人的手吗？除了辨味，上帝所赐的舌头不是更应该用以说安慰鼓励人的话吗？除了看书看报，上帝所赐的眼睛不是更应该给受伤者一些关怀的凝注吗？

第五辑

某个不曾遭岁月蚀掉的画面

就在他转身的那一霎，我忽然看见，他背过身去把筷子头上残余的芝麻酱慢慢舔食了。虽然看不见脸上的表情，但却直觉地知道他正十分珍惜地享受着筷尖那一点点麻酱的芳香。就由于那种敬慎珍重，使人不觉其寒酸，只觉得在窥伺一场虔诚恭逊近乎宗教的礼仪。

你我间的心情，哪能那么容易说得清道得明

——序长安版的《从你美丽的流域》

你我间的心情，哪能那么容易说得清道得明呢？

我们坐在敦煌莫高窟前。

这里，就在这里，我已来过一千次——只是，前一千次都在魂思梦想里。

他，是一个尽责的随团记者，因为答应给某杂志写稿，此刻，他便正经八百地问起问题来：

“说说你这次丝路之旅的感想好吗？”

他备好纸笔，按下录音机：

“我——”

那时是正午，一尊尊菩萨都或坐或卧或立或歇在他们各自的洞窟里，他们那样华丽庄严，不涉一丝人世是非。烈日下，供人照相的骆驼也伏身休息。还有那些光鲜离奇的古装衣服正一套套吊在那里，艳魅诡异，令人错愕四顾，仿佛该有人来吹个唢呐什么的。

黄沙万里，弥天盖地，天色澄碧到近乎无情的程度，因为那蓝太纯，纯到不像真的，让人以为自己竟是坐在壁画里。

“啊！你叫我说什么呢？”我说，“在这个世界上，我也算是跑过许多地方了，北半球南半球东半球西半球，但如果我去印度，我可以冷眼看那些精美绝伦的古文化，以荒谬的身姿坐落在乌烟瘴气贫穷落后的现实社会里。看他们的好东西我会有纯粹的美的喜悦，但不会气血翻涌，引以自豪。至于那些肮脏鄙陋，我虽也颦眉叹气，但却不会有落泪长号的悲恸。就连在印度古堡里遭人扒窃，弄得自己捉襟见肘，也照样嘻嘻哈哈，面不改色，原因很简单，我之所以掉钱，是因为我碰上了‘坏人’，但这‘坏人’既是印度人，不是中国人，我也就没有彻骨的悲痛和愤恨。

“而在祖国大陆旅行，心情就不一样，你不像那些法国人日本人，你注定不是个心情轻松的观光客。你前一分钟才为一个风景或一处古迹而感动流泪而以身为华人自傲；可是后一分钟，你又为某件事情气到要吐血要骂人八代祖宗。而这时候，如果又有人来拉着你，叫你‘行个好’，给他钱去买个吃的，你真想放声大哭——平常，去任何地方旅行都能让身心休息，但到祖国大陆不成，因为你对这块土地有情，因为你无可救药地还爱着自己的同胞手足。所以你忍不住又哭又笑又喜又怒又爱又恨，又祈祷又绝望，又祝福又诅咒……你简直不知怎么办，总之，你休想神经松弛。

“你叫我说感想，我哪里来得及有感想，自己一颗心都不知要怎么安怎么放了，哪里来得及有什么感想……”

热沙在四面大野蹲踞，仿佛恶兽狺狺，随时可以前来扑杀行人。奇怪的是，这八月酷暑，不时仍有一丝凉风吹来。这既是天堂也是地狱的地方啊！

那记者听我一番话，也呆了。后来，他那稿子也不知怎么写的，我真的不是个良好的“受访人”，我应该好好发表三点或四点感想，然而我不能，我只能胡乱说出自己纠结盘曲的心情。

西安出版社要我为大陆版的《从你美丽的流域》写个序，我不知为什么，竟觉艰难。其实，此生此世，我一直渴望通过我深爱的方块字把我血脉中的沸腾的声音翻译出来，给我深爱的族人去一一共证。

其实事情是很简单的事情，只是心情复杂，唐人宋之问的诗或许很宜于描述我此刻的心事：

岭外音书绝
经冬复历春

近乡情更怯

不敢问来人

啊！亲爱的读者，你原是我至亲至挚的乡人，我们都已出发。我，以我的书，你，以你的视线。我们终必相逢，在书中某个江山幽极处，某个桃李照堂处。相逢之际我一时竟不知如何开口，你我间的心情哪能那么容易说得清道得明呢？

古代的诗人离家十一年已经近乡情怯，而我呢？离开故土已过了四十多次“经冬复历春”了；是的，我不知道该跟你说什么。如果我也情怯，请谅解我吧！

某个不曾遭岁月蚀掉的画面

她是我的朋友，我们很谈得来，那是三十年前，我读中学时候的旧事了。

我们彼此交换看作文簿，那大概等于成年人准许别人看自己的企划案吧！我隐隐了解她的父母和我的父母不是同一个阶层的人，但谁管那些呢？我们交往很久，彼此却没有去过对方的家。那时代女孩子放学和回家的时间都经父母算准了，去同学家玩是不成理由的。

有一天，大概是由于考试，提早放了学——我终于去她家玩了。她家离学校很远，是一个军眷村。其实我家也是军眷村，但低军阶的眷村不一样，看来像船舱，一大横排，切成许多豆腐块似的小间，而每间小豆腐都低矮仅能容身，倒也别有它的温暖。她的父母极老，她是晚生的小幺女，大的嫁了，她等于是独女，很得宠，我也因此变成小小的上宾。

她家可能算眷村的"有钱人"，因为开了一间小杂货店，不时有小孩跑来买一颗泡泡糖或一瓶醋之类的。似乎还不到吃饭的时间，但不知为什么，二老忽然下决心非让我们吃一碗面不可。他们是旗人，说起客气话来特别好听，特别理直气壮。

面下好了，是麻酱面，只两碗，二老自己不吃。她的父亲负责把麻酱调稀拌匀——并且端上桌，然后他转身走开。他的脚不好，走起路来半步半步地磨蹭着往前挪。

就在他转身的那一霎，我忽然看见，他背过身去把筷子头上残余的芝麻酱慢慢舔食了。虽然看不见脸上的表情，但却直觉地知道他正十分珍惜地享受着筷尖那一点点麻酱的芳香。就由于那种敬慎珍重，使人不觉其寒酸，只觉得在窥伺一场虔诚恭逊近乎宗教的礼仪。

不知为什么，这样一个画面，在我心中竟保存了三分之一世纪而不能忘记。

一路行去

把电话挂断，挂不断的泪一径流了下来，我咬牙往关口走去。

也不知是第十几次走出那关口了，但从来没有这样割心地疼，孩子倒是洒脱，电话那端是他们愉悦的童音，两人都答应要乖，要做好孩子。我也装作快乐地和他们说再见，从来不知道做一个母亲是可以一面流那样热烫的泪，一面仍可勉强拼出那样温甜的声音。

队伍是十一个人，没有组织，没有经费，只凭一声吆喝，就这样各人请了假，硬挤出十七天的时间上路。十一人分三组，我们这组是四个人，主要安排访问的路线是美国传播机构、教会领袖和中国留学生。那一晚，丈夫守着电话打，一下子就打了十几通越洋电话，钱？管他，访问的路线就这样定了，钱，该来的时候就会来的。

扣好安全带，我把幻灯片从皮包里抽出来，有一张还是朋友刚才赶着送到机场来的。幻灯片全是临时赶的，做我们的朋友真是一件不幸的事，我们自己专去拣些别人不做的事来做，扰得我们的朋友也跟着忙得人仰马翻，他们全是在学业事业上有成就的人，却每每为了帮我们的忙不吃不睡的——不能想，这些事一想起来就心酸眼热，五内如翻岩涌浆，无法平复。

“我们要组织一个基督教友好访问团到美国去，”那天我嗫嗫嚅嚅地打电话给秀治，“我想要送些礼物给那些美国教会领袖，我希望那种礼物可以一直保存着，天天看，就会想起台湾，这样看来，当然是送画最好——我想要你几幅绣画，我出不起钱，可是布和绣线那些成本我总该出……”

秀治是一个质朴的人，从来不懂得宣传自己，也只有她那样纯的人才能有那么醇的作品，她从来舍不得卖画，每次卖，都是为了教会的慈善活动，她那样千针万线绣出来的啊……

她捐了三幅画，我捧着那样的画，觉得天地都为之庄严肃穆起来，同时捐出的还有王蓝跟许坤成，王蓝并且把他的画袋借给我，所有框好的画都放在那里面，我生平没有提过那么殷实沉重的东西。

配合幻灯片放的录音带是“解大哥”帮的忙，临行的前一夜，我们还磨在录音室里，一遍一遍地修正着，他一会儿钻到唱片库里去，一会儿又钻到控制室里来，声音也是琢磨了又琢磨，总想做得最好，走出录音室已经是次日凌晨了，他送我回去，北安路上夜静静地平展着，我们走到路口，他叫了车给我，跟我说：

“张姐姐，对你们夫妇，我真的可以说：‘我很爱你们。’”

我跳上车，一句话也没说——不知该说什么，上天为鉴，所有的朋友都对我太好，我永远不能偿还，多甜美的欠负！不是“常恨此身非我有”，而是“常喜此身非我有”，全是朋友们的恩情缀成的。

我把录音机打开，开到最小声，一面模拟着要怎样配合幻灯画面——在两万多尺的高空，时差？没有时间去管时差了，我一下飞机就得去工作，我也许会累，累就累，我得去放映，去谈，去辩论，去指责，去跟人聊通宵，在冰天雪地里把自己走成一介苦行僧侣，连孩子都横下心交给爷爷奶奶了。这十七天我们如果不拼命就对不起自己。

跟孩子一起交给人的是学生，一开学就请假，让我觉得愧疚，但黄答应来代课使我喜出望外，他要跟学生讲中国诗的欣赏。每次跟他通电话，都使人迷惑，似乎仍是大一那年，似乎仍同坐在中文系的第一教室里上课，似乎凭栏望去仍是涨绿的双溪，以及有若长虹之桥柱的青山。但二十年过去了，他已是文学院院长，他答应来演讲，我自豪，因为有一位才华过人、以十几年的时间把自己从“大一学生”变成了“学者”的朋友，但我更自豪的是这个我所身处的社会，这个社会允许一个肯上进的穷苦大一学生，在十几年间成为文学院院长。

丈夫的大箱子里带的是一百七十张展览用的图片，照的是早期基督教在中国的发展，那些苍凉的画画时而是一片西北的屋脊，时而是一片江南的烟波。为了省钱，那些照片全是他杂志社里的同仁自己冲洗的，没有暗房，他们就把洗手间围上黑布装成暗房，每次要冲洗照片的时候就前前后后地宣告："谁要上一号？谁要上一号？要去的快去，关上了门就一个钟头不准进来！"

他们没日没夜地洗，那一百七十张大挂图就是这样洗出来的。感谢上帝没有赐我们亿万家产，如果我们有钱，我们可以购买每一份劳力，但我们没有，我们只有朋友，我们是真正富有的人。

除了图片，我们还印了六万张贴纸，大型的可以贴在车子的后杠上，小的像五元镍币，可以随便贴，上面印着中文的"主佑中华"和英文的 Pray for free China，要多少钱？不知道，我不管钱的事，许多年来我也一直没管过，上帝不会不帮助一个自助的人，我该管的是我有没有倾我所能地奉献，我该急于知道自己是不是纯洁无瑕，无愧于日日承受的天恩人惠。

"你刚才在哭，"丈夫说，"× 姐妹赶到机场来，塞了这张支票给我。"

我忽然又想哭，太多了，这些爱，我无法承载，其实，陆陆续续一直就有人奉献，从几百的到上万的，令人哽咽的爱。

我想起《旧约》中的一个美丽的故事，说到大卫王在战场上，忽一日渴想喝故乡伯利恒古井里的水。有三个勇士知道了，便冲过封锁线，去为国王打来清凉的井水。大卫接了那水，为之战栗动容，不敢入口，当时他把那水浇在地上，告祭天神，说：

“这是他们的血，我断不能喝！”

那些帮助我们一路成行的人，岂是把东西给我们？他们把钱交给我们，把爱和祝福交给我们，其实是基于他们对上帝的爱，对民族的爱，那一切太美好，是我们必须以之告祭天下的。

到旧金山，杏花索索地开了，日子开始周而复始地每天在不同的飞机上俯看不同的云，在不同的机场拿自己的行囊，下午在不同的会堂里贴展览图片，晚上在聚会中向不同的脸孔说话，散会后向不同的激昂的声音谈剖心沥肝的话题，夜深时，把自己交给不同客栈中不同的床。

相同的是一路行去，尽是祝福。

犹记得，站在旧金山机场等候去华盛顿的班机，那里刚下过五十七年来最大的一场雪，我们是雪封机场后的第一批旅客。

不知为什么，子夜一时到华盛顿，看见满地的雪，我硬是可以封闭自己的感动，这雪景是异乡的雪景，这白是异乡的白。要我流泪，可以，那得等到在塞北或关中，等我在故国的老瓦檐下摘一只冰坠，等我在压弯的水芦苇上掬一掌雪之白。异乡的雪景，充其量只是立体的圣诞卡，是一片遥远的不相干的风光，不是让人落泪的什么。

犹记得，离开华府的那一夜，秉怡抱着我，说：

“带着我们的爱去。”

一听，就让我想起二十年前在一个唱诗班里的时光，她仍是最好的女低音。

犹记得，在纽约，寿南和朋友到旅社中来，我们谈到深夜一点。在波士顿，在辛辛那提，在普渡，在耶鲁，那样一路扬帜地走去，把冰辙走成暖流。

犹记得，在奥克拉荷马，那女孩接了我们，立刻驱车回去烤年糕，作为晚上的点心。在达拉斯，那男孩清晨六点送了两包汤圆来（他想必是五点就出发了），然后转身就跑了。我实在想不通他是怎么弄到那两包汤圆的。

我不会忘记那些把两颊交给朔风去割裂、用一只肉肩去挑起十几州的风雪雨雹的日子。但我不冷，我仍能一城一城地去告诉人，告诉人上帝的正义，永恒的真理……

一路行去，穿一袭别人送的羊毛衣，着一只别人赠的旧鞋，三月已渐破二月而来，一襟旧衣足堪挡风，两眼酸涩犹可忍泪，所谓天涯之遥，也无非是把一只脚不断地去放在另一只脚的前面而已。时而在电视台的录影室，时而在麦克风前，在善意的或不善意的桌前，在中国人和美国人中，在万千只手合掌祈祷的祝福声中，我们一路行去。

在古老的岁月里，一个婴儿出世，母亲每每喜欢到各家去收集碎布做成百衲衣，让孩子穿着，代表着来自百家的祝福。

而当我一路行去，我感到自己赤裸一如初生的婴儿。但在众人的祝福中，我们成行，我们穿着百衲成服的美丽衣衫，那一缝一折间全是爱，全是满溢的关怀。

穿着百衲吉服，我们一路行去。

雨天的书

一

我不知道，天为什么无端落起雨来了。薄薄的水雾把山和树隔到更远的地方去，我的窗外遂只剩下一片辽阔的空茫了。

想你那里必是很冷了吧，另芳？青色的屋顶上滚动着水珠子，滴沥的声音单调而沉闷，你会不会觉得很寂寥呢？

你的信仍放在我的梳妆台上，折得方方正正的，依然是当日的手痕。我以前没见过你，以后也找不着你，我所能持有的，也不过就是这一片模模糊糊的痕迹罢了。另芳，而你呢？你没有我只字片语，等到我提起笔，却又没有人能为我传递了。

冬天里，南馨拿着你的信来。细细斜斜的笔迹，优雅温婉的话语。我很高兴看你的信，我把它和另外一些信件并放着。它们总是给我鼓励和自信，让我知道，当我在灯下执笔的时候，实际上并不孤独。

另芳，我没有即时回你的信，人大了，忙的事也就多了。后悔有什么用呢？早知道你是在病榻上写那封信，我就去和你谈谈，陪你出去散散步，一同看看黄昏时候的落霞。但我又怎么想象得到呢？十七岁，怎么能和死亡联想在一起呢？死亡，那样冰冷阴森的字眼，无论如何也不该和你发生关系的。这出戏结束得太早，迟到的观众只好望着合拢的黑绒幕黯然了。

雨仍在落着，频频叩打我的玻璃窗。雨水把世界布置得幽冥昏暗，我不由幻想你打着一把小伞，从芳草没胫的小路上走来，走过生，走过死，走过永恒。

那时候，放了寒假。另芳，我心里其实一直是惦着你的。只是找不着南馨，没有可以传信的人。等开了学，找着了南馨，一问及你。她就哭了。另芳，我从来没有这样恨自己。另芳，如今我向哪一条街寄信给你呢？有谁知道你的新地址呢？

南馨寄来你留给她的最后字条，捧着它，使我泫然。另芳，我算什么呢？我和你一样，是被送来这世界观光的客人。我带着惊奇和喜悦看青山和绿水，看生命和知识。另芳，我有什么特别值得一顾的呢？只是我看这些东西的时候比别人多了一份冲动，便不由得把它记录下来了。我究竟有什么值得结识的呢？那些美得叫人痴狂的东西没有一样是我创造的，也没有一件是我经营的，而我那些仅有的记录，也是破碎支离，几乎完全走样的，另芳，聪慧如你，为什么念念要得到我的信呢？

“她死的时候没有遗憾，”南馨说，“除了想你的信。你能写一封信给她吗？我要烧给她——我是信耶稣的，我想耶稣一定会拿给她的。”

她是那样天真，我是要写给你的，我一直想着要写的，我把我的信交给她，但是，我想你已经不需要它了。你此刻在做什么呢？正在和鼓翼的小天使嬉戏吧？或是拿软软的白云捏人像吧？（你可曾塑过我的？）再不然就一定是在茂美的林园里倾听金琴的轻拨了。

另芳，想象中，你是一个纤柔多愁的影子，皮肤是细致的浅黄，眉很浓，眼很深，嘴唇很薄（但不爱说话），是吗？常常穿着淡蓝色的衣裙，喜欢望着帘外的落雨而出神，是吗？另芳，或许我们真是不该见面的，好让我想象中的你更为真切。

另芳，雨仍下着，淡淡的哀愁在雨里飘零。遥想你墓地上的草早该绿透了，但今年春天你却没有看见。想象中有一朵白色的小花开在你的坟头，透明而苍白，在雨中幽幽地抽泣。

而在天上，在那灿烂的灵境上，是不是也正落着阳光的雨，落花的雨和音乐的雨？另芳，请俯下你的脸来，看我们，以及你生长过的地方。或许你会觉得好笑，便立刻把头转开了。你会惊讶地自语：“那些年，我怎么那么痴呢？其实，那些事不是都显得很滑稽吗？”

另芳，你看，写了这样多。是的，其实写这些信也很滑稽，在永恒里你已不需要这些了。但我还是要写，我许诺过要写的。

或者，明天早晨，小天使会在你的窗前放一朵白色的小花，上面滚动着无数银亮的小雨珠。

“这是什么？”

“这是我们在地上发现的，有一个人，写了一封信给你，我们不愿把那样拙劣的文字带进来，只好把它化成一朵小白花了——你去念吧，她写的都在里面了。”

那细碎质朴的小白花遂在你的手里轻颤着。另芳，那时候，你怎样想呢？它把什么都说了，而同时，它什么也没有说。那一片白，乱簌簌地摇着，模模糊糊地摇着你生前曾喜爱过的颜色。

那时候，我愿看到你的微笑，隐约而又浅淡，映在花丛的水珠里——那是我从来没有看见，并且也没有想象过的。

二

细致的湘帘外响起潺潺的声音，雨丝和帘子垂直地交织着，遂织出这样一个朦胧黯淡而又多愁绪的下午。

山径上两个顶着书包的孩子在跑着，跳着，互相追逐着。她们不像是雨中的行人，倒像是在过泼水节了。一会儿，她们消逝在树丛后面，我的面前重新现出湿湿的绿野，低低的天空。

手里握着笔，满纸画的都是人头。上次念心理系的王说，人所画的，多半是自己的写照。而我的人像都是沉思的，嘴角有一些悲悯的笑意。那么，难道这些都是我吗？难道这些身上穿着曳地长裙、右手握着檀香折扇、左手擎着小花阳伞的都是我吗？咦，我竟是那个样子吗？

一张信笺摊在玻璃板上，白而又薄。信债欠得太多了，究竟今天先还谁的呢？黄昏的雨落得这样忧愁，那千万只柔柔的纤指抚弄着一束看不见的弦索，轻挑慢捻，触着的总是一片凄凉悲怆。

那么，今日的信寄给谁呢？谁愿意看一带灰色的烟雨呢？但是，我的眼前又没有万里晴岚，这封信却怎么写呢？

这样吧，寄给自己，那个逝去的自己。寄给那个听小舅讲《灰姑娘》的女孩子，寄给那个跟父亲念《新丰折臂翁》的中学生。寄给那个在水边静坐的织梦者，寄给那个在窗前扶头的沉思者。

但是，她在哪里呢？就像刚才那两个在山径上嬉玩的孩童，倏忽之间，便无法追寻了。而那个“我”呢？你隐藏到哪一处树丛后面去了呢？

你听，雨落得这样温柔，这不是你所盼望的雨吗？记得那一次，你站在后庭里，抬起头，让雨水落在你张开的口里，那真是很好笑的。你又喜欢一大清早爬起来，到小树叶下去找雨珠儿。很小心地放在写算术用的化学垫板上，高兴得像是得了一满盘珠宝。你真是很富有的孩子，真的。

什么时候你又走进中学的校园了。在遮天的古木下，听隆然的雷声，看松鼠在枝间乱跳，你忽然欢悦起来。你的欣喜有一种原始的单纯和热烈，使你生起一种欲舞的意念。但当天空陡然变黑，暴风夹雨而至的时候，你就突然静穆下来，带着一种虔诚的敬畏。你是喜欢雨的，你一向如此。

那年夏天，教室后面那棵花树开得特别灿美，你和芷同时都发现了。那些嫩枝被成串的黄花压得低垂下来，一直垂到小楼的窗口。每当落雨时分，那些花串儿就变得透明起来，美得让人简直不敢喘气。

那天下课的时候，你和芷站在窗前。花在雨里，雨在花里，你们遂为那些声音、那些颜色颠倒了。但渐渐地，那些声音和颜色也悄然退去，你们遂迷失在生命早年的梦里。猛回头，教室竟空了，才想起那一节是音乐课，同学们都走光了，到音乐教室上课去了。那天老师没骂你们，真是很幸运的——不过他本来就不该骂你们，你们在听夏日花雨的组曲呢！

渐渐地，你会忧愁了。当夜间，你不自禁地去听竹叶滴雨的微响，当秋初，你勉强念着“留得残荷听雨声”，你就模模糊糊地为自己拼凑起一些哀愁了。你愁着什么呢？你不能回答——你至今都不能回答。你不能抑制自己去喜欢那些苍凉的景物，又不能保护着自己不受那种愁绪的感染。其实，你是不必那么善感的，你看，别人家都忙自己的事，偏是你要愁那不相干的愁。

年齿渐长，慢慢也会遭逢一点人事了，只是很少看到你心平气和过，并且总是带着鄙夷，看那些血气衰败到不得不心平气和的人。在你，爱是火炽的，恨是死冰的，同情是渊深的，哀愁是层叠的。但是，谁知道呢？人们总说你是文静的，只当你是温柔的。他们永远不了解，你所以爱阳光，是钦慕那种光明；你所以爱雨水，是向往那份淋漓。但是，谁知道呢？

当你读到《论语》上那句“知其不可而为之”，忽然血如潮涌，几天之久不能安坐。你从来没有经过这样大的暴雨——在你的思想和心灵之中。你仿佛看见那位圣人的终生颠沛，因而预感到自己的一部分命运。但你不能不同时感到欣慰，因为许久以来，你所想要表达的一个意念，竟在两千年前的一部典籍上出现了。直到现在，一想起这句话，你心里总激动得不能自已。你真是傻得可笑，你。

凭窗望去，雨已看不分明，黄昏竟也过去了。只是那清晰的声音仍然持续，像乐谱上一个延长符号。那么，今夜又是一个凄零的雨夜了。你在哪里呢？你愿意今宵来入梦吗？带我到某个旧游之处去走走吧！南京的古老城墙是否已经苔滑？柳州的峻拔山水是否也已剥落？

下一次写信是什么时候呢？我不知道。当有一天我老的时候，或许会写一封很长的信给你呢！我不希望你接到一封有谴责意味的信，我是多么期望能写一封感谢和赞美的信啊！只是，那时候的你配得到它吗？

雨声滴答，寥落而美丽。在不经意的一瞥中，忽然发现小室里的灯光竟是这般温柔；同时，在不经意的回顾里，你童稚的光辉竟也在遥远的地方闪烁。而我呢？我的光芒呢？真的，我的光芒呢？在许多年之后，当我桌上这盏灯燃尽了，世上还有没有其他的光呢？哦，我的朋友，我不知道那么多，只愿那时候你我仍发着光，在每个黑暗凄冷的雨夜里。

回到家里

去年暑假，我不解事的小妹妹曾悄悄地问起母亲：

“那个小姐姐，她怎么还不回她台北的家呢？”

原来她把我当成客人了，以为我的家在台北。这也难怪，我离家读大学的时候，她才三岁，大概这种年龄的孩子，对于一个每年只在寒、暑假才回来的人，难免要产生“客人”的错觉吧！

这次，我又回来了，回来享受主人的权利，外加客人的尊敬。

三轮车在月光下慢慢地踏着，我也无意催他。在台北想找一个有如此雅兴的车夫，倒也不容易呢。我悠闲地坐在许多件行李中间，望着星空，望着远处的灯光，望着朦胧的夜景，感到一种近乎出世的快乐。

车子行在空旷的柏油路上，月光下那马路显得比平常宽了一倍。浓郁的稻香飘荡着，那醇厚的香气，就像有固着性似的，即使面对着一辆开过来的车子，也不会退却的。

风，有意无意地吹着。忽然，我感到某种极轻柔的东西吹落在我的颈项上，原来是一朵花儿。我认得它，这是从凤凰木上落下来的，那鲜红的花瓣，让人觉得任何树只要拼出血液来凝成这样一点的红色，便足以心力交瘁而死去了。但当我猛然抬首的当儿，却发现每棵树上竟都聚攒着千千万万片的花瓣，在月下闪着璀璨的光与色，这种气派绝不是人间的！我不禁痴痴地望着它们，夜风里不少花瓣都辞枝而落，于是，在我归去的路上便铺上一层豪华美丽的红色地毯了。

车子在一家长着大椿树的院落前面停了下来，我递给他十元，他只找了我五元就想走了；我不说什么，依旧站着不动，于是他又找了我一块钱，我才提着旅行袋走回去。我怎么会上当呢？这是我的家啊！

出来开门的是大妹，她正为大学联考在夜读，其余的人都睡了。我悄悄走入寝室，老三醒了，揉揉眼睛，说："呀，好漂亮！"便又迷迷糊糊地入梦了。我漂亮吗？我想这到底是回家了，只有在家里，每一个人才都是漂亮的，没有一个妹妹会认为自己的姐姐丑。我有一个朋友，她的妹妹竭力怂动她，想让她去竞选"中国小姐"呢！

第二天我一醒来，柚子树的影子便在纱窗上跳动了，柚子树是我十分喜欢的，即使在不开花的时候，它也散布着一种清洁而芳香的气味。我推枕而起，看到柚子树上居然垂满了新结的柚子，那果实带着一身碧绿，藏在和它同色的叶子里。多么可佩的态度，当它还没有成熟的时候，它便谦逊地隐藏着，一直到它个体大了，果汁充盈了，才肯着上金色的衣服，把自己呈献出来。

这时，我忽然听到母亲的声音，她说：

“你去看看，是谁回来了。”

于是门开了，小妹妹跳了进来。

“啊，小姐姐，小姐姐！”她的小手便开始来拉我了，“起来吃早饭，我的凳子给你坐。”

“坐我的凳子，小姐姐！”不知什么时候，弟弟也来了，我原想多躺一会儿的，实在拗不过他们，只好坐了起来。

“谁要我坐他的凳子，就得给我一毛钱。”我说。

“我有一毛，你坐我的。”弟弟很兴奋地叫起来。

“等一下我有五毛了，你先坐我的，一会就给你。”

我奇怪这两个常在学校里因为成绩优异而得奖的孩子，今天竟连这个问题也搞不清楚了。天下哪有坐别人座位还要收费的道理？也许因为这是家吧，在家里，许多事和世界上的真理是不大相同的。

刚吃完饭，一部脚踏车倏然停在门前，立刻，地板上便响起一阵赛跑的脚步声。

“这是干什么的？”没有一个人理我，大家都向那个人跑去了。

于是我看到一马当先的小妹妹从那人手里夺过一份报纸，很得意地回来了，其余的人没有抢到，只好作退一步的要求：

“你看完给我吧！”

“再下来就是我。”

“然后是我。”

乱嚷了一阵，他们都回来了，小妹妹很神秘地走进来，一把将报纸塞在我手里。

“给你看，小姐姐。”

我很感动地望着她，原来她拼命似的去抢报，就是为我啊！以后每天，我便常常享受躺在床上看报的福气。一天早上，她又来了。在我耳旁说着“报纸”。我说：“你拿来吧！”她果真去拿了一包东西放在我枕旁，我坐起来，发现什么报纸也没有。

“你说的报纸呢？”

“我没有说报纸啊！”

“你说了的！”

“我不知道，没有报纸啊！”她傻傻地望着我。

“你刚才到底说什么？”

“那包‘挤’。”她用一根肥肥的指头指着我枕旁的纸包，我打开来一看，是个热腾腾的包子。原来她把“子”说成“挤”了，要是在学校里，老师准会骂她的，但这里是家，她便没有受磨难的必要了，家里每一个人都原谅她，认为等她长大了，牙齿长好了，自然会说清楚的。

我们家里常有许多小客人，这或许是因为我们客厅中没有什么高级装潢的缘故，我们既没有什么古瓶、宫灯或是地毯之类的饰物，当然也就不在乎孩子们近乎野蛮的游戏了，假如别人家里是“高朋满座”的话，我们家里应该是“小朋满座”了。这些小孩每次看到我，总显得有几分畏惧，每当这种时候，我常想，我几乎等于一个客人了，但好心的弟弟每次总能替我解围。

“不要怕，她是我姐姐。”

“她是干什么的？”

“她上学，在台北，是上大学呢！”

“这样大还得上学吗？”

“你这人，”弟弟瞪了他两眼，“大学就是给大孩子上的，你知不知道，大学，你要晓得，那是大学，台北的大学。”

弟弟妹妹多，玩起游戏来是比较容易的。一天，我从客厅里走过，他们正在玩着“扮假家”的游戏，他们各人有一个家，家中各有几个洋娃娃充作孩子，弟弟扮一个医生，面前放着许多瓶瓶罐罐，聊以点缀他寂寞的门庭。我走过的时候他竭力叫住我，请我去看病。

“我没病！”说完我赶快跑了。

于是他又托腮长坐，当他一眼看到老三经过的时候，便跳上前去，一把捉住她。

“来，来，快来看病，今天半价。”

老三当然拼命挣扎，但不知从哪里钻出许多小鬼头，合力拉她，最后这健康的病人，终于坐在那个假医生的诊所里了，看她那一脸愁容，倒像是真的病了呢。做医生的用两条串好的橡皮筋，绑着一个酱油瓶盖，算是听诊器，然后又装模作样地摸了脉，便断定该打盐水针。所谓盐水针，上端是一个高高悬着的水瓶，插了一根空心的塑胶线，下面垂着一枚亮晶晶的大钉子，居然也能把水引出来。他的钉尖刚触到病人的胳臂，她就大声呼号起来，我以为是戳痛了，连忙跑去抢救，却听到她断断续续地说：

“不行，不行，呀，痒死我了。”

打完了针，医生又给她配了一服药，那药原来是一把拌了糖的番石榴片。世界上有这样可爱的药吗？我独自在外的时候，每次病了，总要吃些像毒物一样可怕的药。哦，若是在那时能有这样可爱的医生伴着我，我想，不用打针或吃番石榴片，我的病也会痊愈的。

回家以后，生活极其悠闲，除了读书睡觉外，便是在庭中散步。庭院中有好几棵树，其中最可爱的是芒果树，这是一种不以色取胜的水果，我喜欢它那种极香的气味。

住在宿舍的时候，每次在长廊上读书，往往看到后山上鲜红的莲雾。有一次，曹说：“为什么那棵树不生得近一点呢？”事实上，生得近也不行啊，那是属于别人的东西：如果想吃，除了付钱就没有别的法子了。这个世界有太多的法律条文，把所有权划分得清楚极了，谁也不能碰谁的东西，只有在家里，在自己的家里，我才可以任意摘取，不会有人责备我的，我是个主人啊！

回家以后唯一遗憾的，是失去了许多谈得来的朋友，以前我们常在晚餐后促膝谈心的。那时我们的寝室里经常充满了笑声，我常喜欢称他们为我“亲爱的室民”，而如今，我所统治的“满室的快乐”都暂时分散了。前天，我为丹寄去一盒芒果，让她也能分享我家居的幸福。家，实在太像一只朴实无华而又饱含着甜汁的芒果呢！

我在等，我想不久她的回信就会来的，她必会告诉我，她家中许多平凡而又动人的故事。我真的这样相信：每个人，当他回到自己家里的时候，一定会为甜蜜和幸福所包围的。

圣诞之拓片

圣诞节有一种无法言述的浪漫情怀，由于圣诞节的那种美法已逸出生活的常轨，以致回忆中的圣诞节总是不十分真实——而且，圣诞节再来的时候，你又老以为是第一次，似乎金钟第一次交鸣，明星第一次放光……

曾有许多个圣诞，我急于将之制成拓片，那些零碎的片段常于我枯坐时寂然重现。

有一年，是圣诞节前两天，我去上课，下了课很疲倦，照例倚在交通车的椅背上养神，坐在我后面的是一位老教授，他看来比我更疲倦，事实上他的脸本身就是一种疲倦的形象。即使不上四堂课，也显然已在每一记皱纹里刻镂着人世的沧桑。活，大概是一件累人的事，他的脸疲倦得几乎扭了形。

可是，令人不能置信的，车开之后，我听到一阵细微的歌声，我瞿然回首，竟是他！那老教授，他闭着眼睛，安静地哼那首醉人的法国圣诞歌《美哉小城小伯利恒》，他竟能哼得那么好听，那歌本来就有一种介乎情歌和摇篮曲之间的温柔，他的疲倦似乎一下就消失了，在他的苍老的头脸里，在高起的衣领间，有一种极安详悠邈的神采，我惊住了，他竟有那么美的声音。

他从哪里学到这首歌？北平？异乡的小教堂？或从一个女孩的琴韵——在年轻时，我不敢问他，只屏着息一路听他哼那首晶莹清越如一列冰坠的曲子。

有一年圣诞，有位朋友问我：

“你碰得见某牧师吗，我有一笔钱，要在圣诞节捐给穷人的，你帮我带给他好吗？圣诞节都到了，我还是没空拿去。”

我其实根本碰不到那位牧师，牧师住在郊区，但我仍然答应为他“顺便”带去。

那时候我的脚踏车还没有掉，便跨上车，为他去送那笔钱，渐行渐远，两侧只见稻田，我跳下车，看那收割后的空虚的土地，以及在微雨中被打潮的稻草堆。

我还有很远的路要走，但那稻草堆忽然使我驻足不前，当年，当基督降世的时候，他所选择的眠床不正是那一束干草吗？

我俯下身抚摸那充满泥土味的茎秆，基督曾把他自己送给贫乏的人类，在一个神奇的星夜，卑抑地睡在马槽的干草上，那么，我在小雨的黄昏去代送一笔钱给穷人，又算什么呢？

那天回家时，我全身都湿了，但心中充满温暖。

又一年，我去辅大演讲，讲完了，暮色已深，我急着打一个电话，于是转到理学院去找电话。

理学院没有开灯，整个浸沉在天地间的苍茫里，只有一棵巨大无比的旋转圣诞树矗立在入口处，脚灯将树影投向极高极高的屋顶，我一时以为走进了一则神话。

细碎可爱的音乐，给人一种现世的喜悦，我久久不能离去。

那大学我以后又去过很多次，我始终不愿白天去看那理学院的前厅，我不愿那里对我而言降级成为一个“地方”，我要它一直是我梦寐中的“境域”。

我有一个朋友是个混血儿，他的母亲是一位娇巧的德国南部褐发褐眼的女孩。十岁那年，他的外婆病了，他的母亲回欧洲，紧接着，一九四〇年的欧战开始，他的母亲再不能回来。

她逃难，骑着一辆破脚踏车，什么随身之物都丢光了，却仍然固执地、无望地留着两个儿子的证件，杂乱的岁月延展，她的婚姻终于不得不结束，她流浪到美国，在医院里找了个工作，另结了婚。

一九五四年，那孩子廿五岁了，官校毕业不久，奉派到美国接受喷射机的训练，那年冬天蓦地放了圣诞节假，他从美国南部坐上飞机转巴士再加出租车，去千里外的俄勒冈寻找十五年前的母亲。

十五年过去了，进行的战争结束了，婚姻结束了，而在异国的圣诞夜，神话似的，母子仍是母子，门开时十五年的亲情仍是亲情。母亲给他一袭白色的套头毛衣。

那故事已经廿二年了，但奇怪的是那一夜的历程，说的人和听的人都不能忘记。

自从那年决定在圣诞期间演戏，我已很久不再在家里布置圣诞树或买圣诞灯了，演戏总是使人觉得一种虚脱的兴奋和疲倦。我甚至没有力气回圣诞卡，一出戏应该是一盒最大的圣诞礼物，其中有我和我的朋友所能付出的一切。

那年圣诞节，孩子睡了，我在整理一件演员的衣服，大门不知为什么没关好，三个女孩子走进来。

“我们没有事。”其中一个说。

“只是圣诞夜想来看看你。”另一个说。

还有一个似乎连话也没有说。

我一时愣住，根本也不知说什么。

可是安静的夜，沉沉地伸出手来把我们围住，没有人说明，可是被说明的东西却很多。我了解她们的善意，我觉得她们也了解我的。

然后，简直有点像故事，她们又走了，我很欣然，又很惆怅，每想起她们的时候，也是觉得又近又远，像一首老歌。

接到马的卡片很为之激动，卡片是自制的，上面有一两枚枫的拓片，枫叶摘自他们八年前的蜜月旅行，美丽的脉络在拓片上仍历历分明，简直是一方“天地有情”的印石。

我其实和他总共没说过几句话，他送我们卡片是因为看到我们所写的《另一半的描述》。他说：“愿天下眷属俱有情如斯。”

我爱那张卡片，我爱那红枫的拓影，以及赠卡的那一家人，以及普天之下所有的“有情”。

我也急于将记忆中的圣诞锤为拓片，让那些故事的纤维一丝一缕地展现在岁暮时松柏的芬馨中。

巷口的炒面

十年不见她了，自她嫁到南洋之后。稍稍丰腴一点，却依然眉清目秀。我对她最后的印象是婚礼，她穿着缎质绣花旗袍，绣花披肩风情万种地垂自肩颈。

而此刻的她虽美丽如昔，神色间却有几分仓皇，她到我下榻的旅馆来看我，我当时应邀赴南洋演讲。和她谈了几句话以后，她坦白表明来意，她说她很想念台湾，想请我为她先生打听一下，有没有回台湾就业的可能，我答应了她，话题便转到别处。

“这里的人吃东西真有趣，”我说，“他们爱讲一句‘掺掺’，点炒面可以掺米粉同炒，炒米粉又可以跟河粉掺，点河粉偏又跟乌龙面掺。”

她也笑。

我说这大概是“多元文化”造成的，既然这是一个由马来人、华人、印度人“掺掺”而合成的国家，则一个盘子里把面、米粉、河粉“掺掺”同炒也是理所当然的。

她对我的文化分析不置可否，却对炒面话题非常兴奋，她说：

“哎，你知道吗？要说炒面，这里各处的炒面我都吃过，就只有我家巷口那家摊子炒得最好。我也想学他做，就是学不像，他的铁锅好，家里的锅子比不上——哎，你哪天有空，我带你去吃一次！”

回到台湾，帮她问好了一个机关，丈夫对这件事很关心，一直问我：

“他们什么时候回来呀？”

“他们不会回来的！”

“不是说很想台湾吗？”

“他们不会回来的！”

“如果他们不会回来，你干吗去帮他们找事？”

“找归找，那是尽朋友的情分，但他们是不会回来的。”

“你怎么知道？”

“你等着瞧，就知道我说得对不对？”我说，

“她口口声声想念台湾，那是真的，她口口声声想回来，那

也是真的。可是，一个人如果强调自己家巷口的炒面是天下第一，那就是说，她爱上她所住的那条巷子了。一个人一旦爱上一条巷子，她其实是走不掉的了。她其实已经属于南洋了。”

她真的没有回来——一如我所料。

酿酒的理由

春天，柠檬还没有上市，我就赶不及地做了两坛柠檬酒。

封坛的那天，心情极其郑重，我把那未酿成的汁液谛视良久，终于模糊地搞清楚自己为什么那么急，那么疯。

理由之一是自己刚从国外回来，很想重新拥有一份本土的芳醇。记得有一天，起得极早，只为去小店里喝一碗豆浆，并且吃那种厚实的菱形烧饼，或者在深夜到合适的露店里吃一份烤味噌鱼的消夜。每走在街上，两侧是复杂而“多元化”的食物的馨香。多么喜欢看见蒙古烤肉在素食店的隔壁，多么喜欢意大利饼和饺子店隔街对望，多么喜欢汉堡和四神汤各有其食客。对我而言，这种尊重各种胃纳的世界几乎已经就是大同世界的初阶了。爱一个地方的方法极多，其中最简单而直接的方法之一是“吃那个地方的食物”。对我而言，每一种食物都有如南洋的榴莲——那里的华人相信，只有爱上那种异味的人，才会真正甘心在那里徘徊流连。

如果一个人不爱上万峦猪脚、新竹贡丸、埔里米粉以及牛肉面、芒果、莲雾、百香果，我总不相信他真能踏实地爱台湾。

酿一坛酒就是把本土的糖、红标米酒和芳香噀人的柠檬搅和在一起，等待时间把它凝定成自己本土的气味。

理由之二是由于酿一坛酒的时候几乎觉得自己就是一个雏形的上帝——因为手中有一项神迹正在进行。古人以酒礼天，以酒奠亡灵，以酒祝婚姻，想必即是因为每一坛酒都是一项奥秘一度神迹一种介乎可成与可败之间、介乎可掌握与不可掌握之间的万般可能。凡人如我，怎么可能“参天地之化育”、“缔造化之神功”？但亲手酿一坛酒却庶几近之。那时候你会回到太古，创世纪才刚刚写下第一行，整个故事呼之欲出，一支笔蓄势待发，整张羊皮因等待被书写一段情节而无限地舒伸着……

理由之三是由于酒是一种“时间的艺术”，家中有了一坛初酿的酒，岁月都因期待而变得晃漾不安乃至美丽起来。人虽站在厨房的油烟里，眼睛却望着那坛酒，如同望着一个约会，我终于断定自己是一个饮与不饮都不重要的半吊子饮者。对我而言重要的反而是那份“期待的权利”，在微微的焦灼、不耐和甜蜜感中我日复一日隔着玻璃凝视封口之内的酒的世界。

仅仅只需着手酿一坛酒，居然就能取得一个国籍——在名为“希望”的那个国度里，世间还有比这种投资更划得来的事吗?

想当年那些绍兴人，在女儿一出世的时候便做下许多坛米酒埋在地窖里，好等女儿出嫁时用来待客，那其间有多么深婉的情意啊！那酒因而叫“女儿红”，真是好得不能再好的名字，令人想起桃花之坞，想起新荷之塘，想起水上琴弦以及故意俯身探到窗前来的月光，一样的使人再多一丝触想便要成泪。

想那些酿酒的母亲，心情不知是如何的?当酒色初艳，母亲的心究竟是乍喜抑或是乍悲?当女儿的头发愈来愈乌黑浓密，发下的脸愈来愈灿若流霞，大自然中一场大酝酿已经完成。酒已待倾，女儿正待嫁，待倾之酒明丽如女子的情泪，待嫁之女亦芳醇如乍启的潋滟，当此之时，做母亲的心情又是怎样的?

而我的柠檬酒并没有这等“严重性”，它仅仅只是六个礼拜后便可一试的浅浅的芳香。没有那种大喜大悲的沧桑，也不含那种亦快亦痛的宕跌——但也许这样更好一点，让它只是一桩小小的机密，一团悠悠的期待，恰如一沓介于在乎与不在乎之间可发表亦可不发表的个人手稿。

酿一坛酒使我和“时间”处得更好，每一个黄昏，当我穿过市馨与市尘回到这一小方宁馨的所在，我会和那亲爱的酒坛子打一声招呼说：“嗨，你今天看起来比昨天更漂亮了！”

拥有一坛酒的人把时间残酷的减法演算成了仁慈的加法。这样看来一坛酒不止是一坛饮料，而且也是一件法器，一旦有了它，便可以玩出一套奇异的法术：让一切的消失返身重现，让一切的飞逝反成增加。拥有一坛酒的人是古代的史官，站在日日进行的情节前，等待记录一段历史的完成。

酿酒的理由之四是可以凭此想起以前的乃至以后的和此酒有关的友人，这样淡薄的饮料虽不值识者一笑，却也是许多欢聚中的一抹颜色，朋友的幽默，朋友的歌哭，朋友的睿智，乃至于他们的雄辩和缄默，他们的激扬和沉潜，他们的洒脱和朴质，都在松子色的酒光里一一重现。酒在未饮之前是神奇的预言书，在既饮之后则又是耐读的历史书。沿着酒杯的矿苗挖下去，你或者掘到朋友的长歌，或者触到朋友的泪痕，至少，你也会碰到朋友的恬淡——但无论如何你总不会碰到“空白”。

如此一来，还不该酿一坛酒吗？

酿酒的理由之五非常简单——我在酒里看到我自己，如果孔子是待沽的玉，则我便是那待斟的酒，以一生的时间去酝酿自己的浓度，所等待的只是那一霎的倾注。

安静的夜里，我有时把玻璃坛搬到桌上，像看一缸热带鱼一般盯着它看，心里想，这奇怪的生命，它每一秒钟的味道都和上一秒钟不同呢！一旦身为一坛酒，就注定是不安的，变化的，酝酿的。如果酒也有知，它是否也会打量皮囊内的我而出神呢？它或者会想：“那皮囊倒是一具不错的酒坛呢！只是不知道坛里的血肉能不能酝酿出什么来？”

那时候我多想大声地告诉它：

“是啊，你猜对了，我也是酒，酝酿中，并且等待一番致命的倾注！”

也许酿一坛酒，在四月，是一件好得根本可以不需要理由的事，可是，我恰好拣到一堆理由，特别记述如上，提供作为下次想酿酒时的借口。

你真好，你就像我少年伊辰

她坐在淡金色的阳光里，面前堆着的则是一堆浓金色的柑仔。是那种我最喜欢的圆紧饱甜的“草山桶柑”。而卖柑者向来好像都是些老妇人，老妇人又一向都有张风干橘子似的脸。这样一来，真让人觉得她和柑仔有点什么血缘关系似的，其实卖番薯的老人往往有点像番薯，卖花的小女孩不免有点像花蕾。

那是一条僻静的山径，我停车，蹲在路边，跟她买了十斤柑仔。

找完了钱，看我把柑仔放好，她朝我甜蜜温婉地笑了起来——连她的笑也有蜜柑的味道——她说：“啊，你这查某（女人）真好，我知，我看就知——”

我微笑，没说话，生意人对顾客总有好话说，可是她仍抓住话题不放：

“你真好——你就像我少年伊辰一样——”

我一面赶紧谦称“没有啦”，一面心里暗暗好笑起来——奇怪啊，她和我，到底有什么是一样的呢？我在大学的讲堂上教书，我出席国际学术会议，我驾着车在山径御风独行。在台湾，在香港，在北京，我经过海关关口，关员总会抬起头来说：“啊，你就是张晓风？”而她只是一个老妇人，坐在路边，卖她今晨刚摘下来的柑仔。她却说，她和我是一样的，她说得那样安详笃定，令我不得不相信。

转过一个峰口，我把车停下来，望着层层山峦，慢慢反刍她的话。那袋柑仔个个沉实柔腻，我取了一个掂了掂。柑仔这东西，连摸在手里都有极好的感觉，仿佛它是一枚小型的液态的太阳，可食、可触、可观、可嗅。

不，我想，那老妇人，她不是说我们一样，她是说，我很好，好到像她生命中最光华的那段时间一样。不管我们的社会地位有多大落差，在我们共同对这一堆金色柑仔的时候，她看出来了，她轻易地就看出来了，我们的生命基本上是相同的。我们是不同的歌手，却重复着生命本身相同的好旋律。

少年时的她是怎样的？想来也是个有着一身精力，上得山下得海的女子吧？她背后山坡上的那片柑仔园，是她一寸寸拓出来的吧？那些柑仔树，年年把柑仔像喷泉一样从地心挥洒出来，也是她当日一棵棵栽下去的吧？满屋子活蹦乱跳的小孩，无疑也是她一手乳养长大的吧？她想必有着满满实实的一生。而此刻，在冬日山径的阳光下，她望见盛年的我向她走来购买一袋柑仔，她却像卖给我她长长的一生，她和一整座山的龃龉和谅解，她的伤痕她的结痂。但她没有说，她只是温和地笑。她只是相信，山径上总有女子走过——跟她少年时一样好的女子，那女子也会走出沉沉实实的一生。

我把柑仔掰开，把金船似的小瓣食了下去。柑仔甜而饱汁，我仿佛把老妇的赞许一同咽下。我从山径的童话中走过，我从烟岚的奇遇中走过，我知道自己是个好女人——好到让一个老妇想起她的少年，好到让人想起汗水、想起困厄、想起歌、想起收获、想起喧闹而安静的一生。

行行重行行

一 “没有药，啊——没有关系。”

女孩大约十四五岁，长的样子我已经忘了，却记得她的一句话。

那是八月初，我们的医疗队在泰北一个山村看病，病人从早到晚走动不停，我们吃饭的时候，周围的走廊上也站着病人，使人一面忙，一面很有罪疚感，恨不得自己能不吃不睡才好。

从台湾带来的药，有一部分已经用完了，村子里有个杂货店兼卖药，却供不上我们的需求。

而那女孩刚好是拿不到药的一个，山村里看病，和我们在台北不同，病人很可能是走了三个小时山路才到的。没有药给他们使我们很不安。

“你下个礼拜再来，那时候牙医来看病，顺便会带第二批的药来，今天没有药了。”

说那样的话，使我的心很疼，在台北，药像米、面一样，大家简直是滥吃，而这小女孩，翻山越岭而来，只因来迟了，竟没有一颗药。

“没有药了？”她诧异中有平静，“啊——没有关系。”

说完，她匆匆走了，像是不敢耽搁下一个病人的样子。她那副恭谨庄矜，不想麻烦别人的表情使我疼惜到了暗自愤怒起来。

我跑到回廊上，只见人如潮涌，我心中冲动，只想大声叫出来：

“老乡亲啊！在西方，那块幸福的土地上，曾经有人说，人有免于饥饿的自由，免于恐惧的自由，但对你们而言，愿你们有‘免于无医疗的自由’吧！求求你们不要用那样感谢的眼光看着我们吧！要知道这根本就是你们的权利啊！你们的身体本来就该有人来照顾的啊！”

如果那天那女孩用抱怨的口吻说：

“哼！怎么偏偏好轮到我就没有药了？”

或者：

“什么？我从上个礼拜就来亲戚家借住，今天早起又走了三个钟头的路，居然没有药？”

如果她生气，如果她怨叹，我都会一边向她解释一边觉得好过一点，可是，为什么她偏用那么卑微细小的声音说：

“啊——没有关系。”

二　“有哩——”

在泰北行医，问病是相当大的困难，文明世界里的病人每每可以把自己的病形容得生动活泼，巨细靡遗，山里的难民却办不到。

“大娘，”挂号部的工作人员，打起云南腔问话，“你哪里不好过？”

“不好过啊！”大娘慢悠悠地应了一句，她很老了，一副劬劳的样子，但和我们说话的时候却是无限信任如见神医。

“哪里不好过？”挂号处急了，不知该把她分给哪一位医生，“头痛不痛？”

“有哩——”（这两个字她说得很慢，都读作第一声）

“胃痛吗？”

“有哩——”

“关节痛？”

“有哩——”

“心痛？”

“有哩——”

“手膀痛？”

“有哩——”

不敢再问下去了，总之，她全身都痛，她如此高年，如此劳苦又如此营养不良，全身都难过倒也不是不可解的。

我独自跑开去看山色，不远的地方有大河日夜绕流，是什么使我悲痛？是眼前这个无处不痛的老妇人，还是那位让我无端想起的，另一个全身无处不病的叫作“中国”的老母亲。

三 “不是她丈夫——是全村。”

团里的化验师把结果公布，那女人的病是疟疾。我看他简直有点兴奋，竟对着显微镜大叫：

“快来看啊，台湾看不到这种东西！”

大夫紧张兮兮地通过翻译问那女病人：

“她家里还有什么人？”

“有丈夫。”

“去把她丈夫也叫来——”

“她生病，为什么叫她丈夫来？”翻译问。

“通常一个人有这种病，一家人都会有的，叫她丈夫也来看病，否则她病好了，她丈夫还病着，治了等于白治，她丈夫是不是也跟她一样发冷发热，脸色黄黄的？”

“是啊！是啊！”旁观的人热心地插起嘴来，“不过不是她丈夫——是全村，他们那个村子的人全都发冷发热，又黄又瘦。”

我们一时全噤住了！

在某个小山头，有一村的人，全都是疟疾病人。

我们或许可以到那个村子去出诊，一一发给他们奎宁丸，但是，那有什么用呢？除非我们先消灭他们的疟蚊，而要消灭疟蚊，除非整理整个环境……

“我起先只怀疑她丈夫——我没有想到全村……”

大夫喃喃说着，一副被击中什么而要崩溃的样子。

医生所能做的，是多么少的一部分，我们每想起那个不知名的村子，心里总有一阵抽痛。

四 独臂人

车从山路下来，颠得人七荤八素，车到半途，终于不去理会尊严，大声叫停。

停下来以后，我和何大夫跑到路边去大吐，吐完了，用土掩好，继续上路。

终于到了巴山，一个类似三岔路的地方，我跳下车来去买冰汽水喝，自己觉得自己只剩三分像人了。

正在这时候，迎面走来一个男子，他显然已经站在那里等了很久。

“姐姐，”他叫了我一声，“你们就是从台北来，过两天要上老象堂去看病的人吗？”

我当时被那样亲切的声音一惊，整个人醒了过来。

在台北也常被人叫姐姐，但习惯上叫的人只叫“张姐姐”，叫开了连老一辈的朋友如王蓝也这样叫我。

但忽然在荒山野岭的小驿站上被陌生人那样亲切地叫一声姐姐，心里的感觉竟是惊动。其实，“姐姐”一称在这个地区很流行，不一定指比自己年龄大的女子，只是一种尊称，我曾听一个女病人叫何大夫姐姐，请她为自己装乐谱，当时也听得耳热心酸。

“你怎么知道是我们？”

“我昨天就来等了，我想你们车子一定从这里过，你们要多少被子、褥子？要不要我们替你们准备伙食，伙食要多少钱一天的？”他一一细问。

“我们有二十四个人，伙食要麻烦你们，七百铢一天（约台币一千二百元），好吗？”

这一带穷乡僻壤，根本没饭店旅馆，我们一路总是睡民房，委托别人办伙食，当然，偶然也会接受招待。

“好。那我就去准备了。”

喝完汽水我们上车——我这才敢好好看他一眼，他是个独臂人，一只袖子空荡荡的，袖口塞在腰带里，刚刚我不敢注视他，怕伤了他的自尊。

以后熟了，才知道断臂的由来。

小时他曾经胳臂受伤，有人教他们一个土方，把活鸡连毛带血斩成酱，趁热敷上包好，一个礼拜取下，不料患部却格外红肿溃烂，病毒侵入骨中，医生要他锯断手臂……

谁来帮助远方的同胞有“免于无知的自由”呢？

五　苗孩的酷刑

那天早上我们到苗人村去采血液，想知道疟疾散布的情形。

在路上，我们碰到那苗人小孩。他差不多八九岁，是个清秀的小男孩，眼光却是呆滞畏葸的。

走近了，马教士上去和大人打招呼，小孩低头垂眉，一言不发。

“他两只脚全烫烂了，你看！”

“怎么啦？”大家虽然只看到一小角，却也大惊失色。

“他其实本来只是打摆子（即疟疾），他们苗人有个土法子，听说是把一大锅水烧得滚滚的，然后再烧红烙铁，并且把铁往水里一丢，就会冒起一阵很热的蒸气，把小孩拿棉被包了，熏这蒸气，摆子就会好。”

可是这孩子被太强的蒸气所伤，下半身的皮全烂了，上身和手也烫伤了好几块，他整个的皮肤变成难看而难受的红疤。

小孩忍耐着由我们看他的疤，并且那位带着他的大人（似乎是他叔叔）答应下午来让大夫为他还未结疤的伤口搽药。

擦上消毒药，发现我们所能做的也就这么多了，如果真要治的话需要一流的医院，在隔离无菌的地方慢慢进行整形手术，不是我们这种奔波千里的医疗队所能做的。

本来几颗奎宁就可以解决的事，如今那孩子却失去了全身一半的表皮。如果他有幸适时碰到一位医生……不能想下去了，一年有多少苗人死于这种治疗，有多少小孩伤于这种治疗，在文明的触角伸不到的地方，活着，是一件艰辛的事。

六　毒药偏方

吃滴滴涕的事情在文明世界里好像也听过，其目的在自杀，但在泰北地区，滴滴涕却是某些人相信的偏方，认为可以根治很多病。不止一次，有人带滴滴涕粉来问我们可不可以吃。这样简单的问题竟一再被问不免惊奇，想来想去大概是源于“以毒攻毒”的思想。

有一次，碰到几个中阶层人物，我试着想提醒一下，便说：

“咦，你们知道吗，这里居然有好多人想用滴滴涕治病，这种观念上的误差最可怕不过了！”

“哦，话也不能这么说，这种事说不定真有用！”

想不到对方的反应竟是如此，接着他又振振有词地接着说下去：

“碌碌粉你知道吧？”

“碌碌粉是什么？”

“一种毒药，杀老鼠的毒药，我就认识一个女的，她那时血癌，不想活了，吃碌碌粉自杀，咦，没想到没死，病好了，到现在还活着呢！”我一时为之语塞，在传统与现代的医疗里，最怕这种言之凿凿的“单一经验普遍化”，对方说着说着，兴奋起来，又举了个例子：

“还有一次，我们要给马打针，因为怕马生瘟，药水放在茶杯里，有半杯那么多，几十匹马的份呢，忽然有位老兄走进来，口渴，拿起来就喝了，那药的颜色又刚好跟茶一样嘛，过一会，我们把针准备好了，咦？怎么药水不见了，到处找，刚才明明放在桌上的嘛！问来问去才知道他老兄喝了，好啦，我说，你等着死吧，几十匹马的瘟药哩！咦？怪事了，他后来也没死，他本来有肺病的，肺病倒好啦！其实这种事也没关系，反正死马当活马医，说不定碰上了就碰好了！”

我叹了口气，在没有现代医疗的地方，叫他们不信仰偏方又信仰什么呢？

七 “我爱你”，小哑巴

每次看到一个哑巴小孩，我的哀伤就会加深一层。每个哑巴小孩其实必然是个聋子，而且根据家长的说法几乎千篇一律是发高烧造成的后遗症（当然，从医学观点来看，高烧是现象，原因应是中耳炎，或脑膜炎）。

看得出来，其中有些是很聪明的孩子，但这个地区并没有聋盲教育，眼看着他们渐渐成为家人的牵累，我恍如古希腊预言家因能预见一切悲剧而深感痛苦。有一天，当他们父母逐渐老去，谁来照顾他们呢？

有一个小哑巴，大约十三岁吧，穿着条长裤，留着头半长不短的头发，我一直没搞清他是个男孩还是女孩，只知道他殷殷的眼睛老是望着我。我没有学过残障教育却会一句“我爱你”的手语，我教了他，以后，在小小的荒村里，走来走去碰面的时候，我们总互做一次这手语。我又教他用舌头在上膛两种不同的打响，他也一学就会。

如果有人教他们，是不是此间也不乏海伦·凯勒呢？

以后有人把那小孩的名字告诉我。他叫孙泰清，泰大概指泰国，清应该是指清莱省，当时取这名字无非是能获定居，取为留念的意思。或者，清字也可以解释为天下廓清的意思。无论如何，那是一个充满祝福的名字。

整个泰北的难民都是一批难于立足的人，但聋哑小孩恐怕是难于立足者里面最难于立足的，而贫穷和医药落后，显然仍会不断地为他们制造更多的聋哑儿童。

我能为他们争取些什么呢？——在说过“我爱你”之后。

八　我不敢叫他注重营养

她是一个甜美利落、受过良好训练的资深护士，眼神声调无一处不温柔，碰到这种人，我自己也恨不得生病了。在整个“泰北送炭”的行程里能有这些女孩同行真是好。

可是，有一个黄昏，医疗工作告一段落，夜间的晚会还没有开始，我们在雨后多沙的瘠地上散步，她的神情忽然十分忧戚：

“起先，我还常劝病人要多注意营养，现在，我连劝他们多吃点饭的话也不敢说出口了，他们根本没有多少饭可以吃……我真的不忍心再劝人吃饭了。”

天渐渐地黑了下来。

所有文明社会里适用的那一套医疗，在这里往往英雄无用武之地。

九　有人应未眠

我注意到胃药总是消耗得特别快。

他们为什么有那么多人胃痛呢？

小孩子的胃痛依我看其实是饿出来的，清晨吃了饭，就要等天黑父母从田里回来才有第二顿吃，而一天，也只有那两顿。

阿卡人吃得比汉人更糟，有一天，我在临时诊所的外面，看到一家阿卡人蹲在地上抓食他们的午餐，午餐包在芭蕉叶里，是一些拌了辣椒和香料的米饭——如此而已。偷看别人吃饭应该是件不礼貌的事，我为了看清楚一点，只好假装有事，来来回回从他们身边经过，但左看右看也看不出更丰富的内容。

胃痛的另一个原因是愁烦，不能确定的生存地位，茫茫无望的前途，子女的发展受限制，思念故土的煎熬，异域寄命的痛楚……想想都令人忧伤心碎啊！

捧着大沓的医疗单，我在其上读到的不是病名和药名，而是一部没有付梓的近代史，一首没有曲调的民族流亡的哀歌，一段段没有文字的陈情书。

今夜，华灯万盏中有多少酒醉饭饱？而遥远的荒山里有人应未眠——由于胃痛。

十　八十岁的小妹

看病的过程里，“挂号处”工作也够烦的。问病情固然不易，连问名字都不简单，尤其是问女人的名字，通常被问的女子多半扭扭捏捏，脸色尴尬，并且掩着嘴吃吃笑了起来。有时人如潮涌却偏碰到这种娇羞不肯答话的女人，不免心烦。可是转而一想，其实，这不就是东方传统女人的样子吗？二十年前你到旗山，到内埔，所碰到的女人不就是这样的吗？本来嘛，女人的闺名怎可随便示人？好在这时候，往往有一位旁边站着的人热心帮忙：

“她叫张四妹！”

奇怪的是，这些女人的名字往往相同，发药的人叫一声：

“小妹！”

居然会跑出好几个人来抢药。

于是只好加上形容词：

“看肚子痛的张四妹！”

“看头痛的张四妹！”

或者：

“八岁的小妹！”

“八十岁的小妹！”

旁边的人一边等着看病，一边被这种奇特的叫名法弄得笑成一团。

想这些女子，守着山，守着田地，守着汉子（云南话叫丈夫为汉子），过简单的一生，似乎并不需要一个正式的名字。算来，一个从小叫熟了的“小妹”也就可以过一世了。而那八岁的小妹呢？她将来一生又是怎样的？

十一　最温柔的医学

针灸，算不算最温柔的医学呢？

在文明的社会里，核子医学、显微医学动辄便是几千万的预算，一部伟大复杂的机器，盛气凌人地霸住一个房间。而在泰北荒山里，你拿什么给人治病？我的一位朋友，几年前放下美国银行的职位，投身到那万叠云山里去做宣教士，一旦碰到一位垂危的病人，他也只好背起病人，想到较为热闹的地方找医生。山路走了几小时，回头看，那人已死，他又返身把死者背回家。

我每想起那件事，就眼湿。

如果我也能尽一点点力量为人去沉疴，如果……

亲手为人扎针，是一种奇缘，我做梦也不曾想到自己曾经一度做针灸密医，好在学车的人身旁如果有教练就不算违法，我因为有真正的针灸医生在身旁壮胆，并且亲自用铅字笔点上该扎的位置，所以比较心安。

那一带的人几乎都有膝盖酸疼的毛病，原因大概可以想象，由于种田，长年在水田里，又由于贫穷只能以人力代牛力，久而久之，膝盖便受不住了，面对针灸救星，内外膝的两针大概是逃不了的。

初次把针刺进这些人的皮肤，内心忽然生出亦悲亦喜的大震动，竟是这样风打霜侵的粗糙皮肤啊！在台北，在我的朋友里，从来不曾看过这种深褐色的，坚厚的，干皴的，下面几乎感觉不到脂肪层的皮肤。要把针扎进这种皮肤而又不致把针弄弯，真需要屏气凝神，劲力内敛。

那是怎样温柔的一种医学啊！当你把一根针那样具体地捅在病者的眉间、耳垂或是胸、颈、腕、肘以及腿、踝或后脑上，你轻轻地扎入，然后打着云南腔和他们话家常。

“大娘，你作田？作地？（田指山田，地指水稻。）包麦（即玉米）收得好不好？”

“灸”比“针”应该是尤其美丽的，针插进去以后，或以手拧，或以电波相接，先让它振动一下，然后拿一小团艾绒，捏在针头上，并且点起火来。暖暖的烟慢悠悠地腾起，一时之间，仿佛楚辞里的香草世界都复活了，淡淡的芳香，微微的暖意，据说，这时的热力会传入病人身体里去，望着那细小的火光终于成烬，万般心事，只化作简单的一句问话。

“大爹，好过些没有？”

他们几乎千篇一律地说：“好多了，好多了，多谢了，托你们的福啊——”我每每疑心他们是礼貌上要多给我们一点面子，但内心仍万分感谢这种中国式的宽厚多礼。

通过那样温柔的医学，我会一直记得那些沧桑的脸，那些受难的肌肤，一针下去，触手的全是三十年来的辛酸和委屈啊！小小的艾绒燃起，分明是医者的一线心香啊，邈邈的古中国从熏气里柔和地俯身，俯身抱住了被医者的疼痛以及医者的心摧。

这样说，针灸该不该算是最温柔的医学呢？

十二　咦，你不是美斯乐的人吗？

清莱府的医疗行程结束以后，我独自先到曼谷，丈夫带团继续骑骡前往清迈府的深山里去。

到曼谷，是为了采访一位将军，住在“维多利亚大酒店”，那名字有一种可笑的英殖民地的贵族气味，从孤军的山头回到曼谷，只觉触目一片软红尘，自己却仿佛身历几世几劫，寂然不肯再为凡俗动心了。

早起，自己冲了一杯随身带的脱脂奶粉，算是早餐，这阵子花任何一点钱内心总有强烈的罪恶感。

喝完牛奶，下楼，餐厅里将军正在请一位台湾来的男孩吃早餐，规规矩矩的西式早餐从橙汁到麦片，到咖啡，一道道来，看在眼里竟觉得恍如隔世。

男孩姓李，大约十九二十岁，剪个中学生的三分头，戴眼镜，这次便要到美斯乐去试试垦殖。

这阵子在山里我一直乱讲云南话，现在，虽然身在曼谷，而且又在阵阵煎培根咸肉的香味里，我竟仍然改不过口来。

看看那愣头愣脑第一次出来的憨厚男孩，那年纪只有半个我那么大的男孩，我不觉想啰唆几句：

“你要留意呀——泰国这地方坏人多，你背起个航空公司的包包，一看就是观光客的样子，当心小偷要偷你的……”

男孩傻乎乎地一笑：

“不用啦！不用留心啦！昨天就偷光了，钱、相机、手表，一起被摸光了！”

他该昨天先碰到我的，这愣小子。

说着说着，话从美斯乐转到台北，那男孩忽然停了吃，惊奇地看我，对我能谈台北无限惊讶：

“咦，你不是美斯乐的人吗？你也去过台北！”

“我？我刚从美斯乐来没错，但是我家在台北啊！”

“可是，你怎么会讲云南话呢？”

真是愣小子，世上哪有真云南人会说出这么糟糕的云南话来？其实是他自己的云南话说得太糟，所以没有鉴赏力。

“那你又跑去美斯乐做什么？”

“我们有一些特别的捐款送来，也有些医生护士工程师和民歌手一起来，要做点实际的事——”

“哦，哦，我知道了，报上登过，有个叫张晓风的——”

桌上其他的客人一时都大笑起来，将军他终于说话了：

“你当她是谁啊，她就是张教授啊！”

泰北的中国人，习惯上称人极客气，总是教授教授的不离口，听来很不自在。

那傻男孩兀自不肯服气，还一个劲地说：

“怎么会？你云南话讲得比我好！”

其实，使我被误会为美斯乐难民的绝不是我那口半吊子云南话，而是我一张晒黑的脸，衣褶和鞋履上的尘泥以及眉目之间恍恍惚惚与难胞同其大悲苦同其大定静的神色。

人，如果在情有所专、心有所系的时候，小小的胸臆中，哪里还有空间去点收人间的褒贬？但如果说整个泰北之行中我曾为一句话而忻然色喜，并且亟愿夸示于人的，便是那傻男孩说的：

“咦，你不是美斯乐的人吗？”

大型家家酒

事情好像是从那个走廊开始的。

那走廊还算宽，差不多六尺宽，十八尺长，在寸土寸金的台北似乎早就有资格摇身变为一间房子了。

但是，我喜欢一条空的走廊。

可是，要“空”，也是很奢侈的事，前廊终于沦落变成堆栈了。堆的东西全是那些年演完戏舍不得丢的大件，譬如说，一张拇指粗的麻绳编的大渔网曾在《武陵人》的开场戏里象征着挣扎郁结的生活，两块用扭曲的木头做的坐墩，几张导演欣赏的白铁皮，是在《和氏璧》中卞和妻子生产时用来制造扭曲痉挛的效果的……

那些东西在舞台上，在声光电化所组成的一夕沧桑中当然是动人的，但堆在一所公寓四楼的前廊上却猥琐肮脏，令人一进门就为之气短。

事情的另外一个起因是由于家里发生了一件灾祸，那就是余光中先生所说的“书灾”。两个人都爱书，偏偏所学的又不同行，于是各人买各人的。原有的书柜放不下，弄得满坑满谷，举步维艰，可恨的是，下次上街，一时兴奋，又忘情地肩驮手抱地成堆地买了回来。

当然，说来书也有一重好处，那时新婚，租了个旧式的榻榻米房子，前院一棵短榕树，屋后一片猛开的珊瑚藤，在树与藤之间的十坪空间我们也不觉其小，如果不是被左牵右绊弄得人跌跌撞撞的书堆逼急了，我们不会狗急跳墙想到去买房子。不料这一买了房子，数年之间才发现自己也糊里糊涂地有了“百万身价”了，邱永汉说“贫者因书而富”，在我家倒是真有这么回事，只是说得正确点，应该是“贫者因想买房子当书柜而富”。

若干年后，我们陆续添了些书架。

又若干年后，我把属于我的书，一举搬到学校的研究室里，逢人就说，我已经安排了“书的小公馆”。书本经过这番大移民倒也相安了一段时间。但又过了若干年，仍然“书口膨胀”，我想来想去，打算把一片九尺高、二十尺长的墙完全做成书墙。

那时刚放暑假，我打算要好好玩上一票，生平没有学过室内装潢，但隐隐约约只觉得自己会喜欢上这件事。原来的计划只是整理前廊，并做个顶天立地的书柜，但没想到计划愈扯愈大。“一室之不治，何以天下为？”终于决定全屋子大翻修。

天热得要命，我深夜静坐，像入定的老僧，把整个房子思前想后地参悟一番，一时之间，屋子的前世此世和来世都来到眼前。于是我无师自通地想好了步骤，第一，我要亲自到全台北市去找材料，这些年来我已经愈来愈不佩服“纯构想”了，如果市面上没有某种材料，设计图的构想就不成立。

我先去找瓷砖，有了地的颜色比较好决定房间的色调，瓷砖真是漂亮的东西——虽然也有让人恶心想吐的那种。我选了砖红色的窑变小方砖铺前廊，窑变砖看来像烤得特别焦脆香滋的小饼，每一条纹路都仿佛火的图案，厨房铺土黄，浴室则铺深蓝的罗马瓷砖，为了省钱算准了数目只买二十七块。

两个礼拜把全台北的瓷砖看了个饱，又交了些不生不熟的卖瓷砖的朋友，我觉得无限得意。

厨房流理台的估价单出来了，光是不锈钢厨具竟要七八万，我吓呆了，我才不买那玩意，我自有办法解决。

到建国南路的旧料行去，那里原是我平日常去的地方，不买什么，只是为了转来转去地去看看那些旧木料、桧木、杉木、香杉……静静地躺在阳光下、蔓草间。那天下午我驾轻就熟地去买了一条八尺长的旧杉木，只花三十块钱，原想坐出租车回家，不料木料太长，放不进，我就扛着它在夕阳时分走到信义路去搭公车，姿势颇像一个扛枪的小兵。回到家把木头刷上透明漆，纹理斑节像雕塑似的全显出来了，真是好看。我请工人把木头钉在墙上，木头上又钉些粗铁钉（那种钉有手指粗，还带一个九十度的钩，我在重庆北路买到的，据说原来是钉铁轨用的），水壶、水罐、平底锅就挂在上面，颇有点美国殖民地时期的风味。

其实，白亮的水壶，以及高雄船上卖出来的大肚水罐都是极漂亮的东西，花七八万块买不锈钢厨具来把它们藏起来太可惜了。我甚至觉得一只平底锅跟一个花钵是一样亮眼的好东西，大可不必藏拙。

我决定在瓦斯炉下面做一个假的老式灶，我拒绝不了老灶的诱惑。小时候读过刘大白的诗，写村妇的脸被灶火映红的动人景象，不知道是不是那首诗作怪，我竟然真的傻里傻气地满台北去找生铁锻铸的灶门。有人说某个铁工厂有，有人说莺歌有，有人说后车站有，有人说万华有……我不管消息来源可不可靠，竟认真地一家一家地去问。我走到双连，那是我小时候住过的地方，走着走着，二三十年的台北在脚下像浪一样地涌动起来。我曾经多爱吃那小小圆圆中间有个小洞的芝麻饼，（咦！现在也不妨再买个来吃呀！）我曾在挤得要死的人群里惊看野台戏中的蚌壳精如何在翻搅的海浪中载浮载沉。铁路旁原来是片大泥潭，那些大片的绿叶子已经记不得是芋头叶还是荷叶了，只记得有一次去采叶子几乎要陷下去，愈急愈拔不出脚来……

三十年，把一个小女孩走成一个妇人，双连，仍是熙熙攘攘的双连。而此刻走着走着，竟魔术似的，又把一个妇人走回为一个小女孩。

天真热，我一路走着，有点忘记自己是出来买灶门的了，猛然一惊，赶紧再走，灶门一定得买到，不然就做不成灶了。

“灶门是什么？”一个年轻的伙计听了我的话高声地问他的老头家。

我继续往前走。那家伙大概是太年轻了。

“你跟我到后面仓库去看看。”终于有一位老头答应我去翻库存旧货。

“唉哟，”他唠唠叨叨地问着，“台北市哪有人用灶门，你是怎么会想到用灶门的？”

天，真给他翻到了！价钱他已经不记得了，又在灰尘中去翻一本陈年账簿。

我兴冲冲地把灶门交给泥水工人去安装，他们一直不相信这东西还没有绝迹。

灶门里头当然没有烧得哔剥的木柴，但是我也物尽其用地放了些瓶瓶罐罐在灶肚子里。

不知道在台北市万千公寓里，有没有哪个厨房里有一个“假灶”的，我觉得在厨房里自苦了这么多年，用一个棕红色瓷砖砌的假灶来慰劳自己一下，是一件言之成理的事。自从有了这个灶，丈夫总把厨房当作观光胜地引朋友来看，有些人竟以为我真的有一个灶，我也不去说破它。

给孩子们接生的英国大夫退休了，他有始有终地举行了结束仪式。过不久，那栋原来是诊所的日式房子就拆了。有一天，我心血来潮，想去看看那房子的旧址。曾经也是夏天，在那栋房子里，大夫曾告诉我初孕的讯息，我和丈夫，一路从那巷子里走出来，回家，心里有万千句话……孩子出生，孩子在诊所那小小的婴儿磅秤愈秤愈大，终于大到快有父母高了……

而诊所，此刻是废墟，我想到那湮远的生老病死……

忽然，我低下头来，不得了，我发现了一些被工人拆散的木雕了，我趴在地上仔细一看，禁不住怦然心动，这样美丽！一幅松鼠葡萄，当下连忙抱了一堆回家。等天色薄暮了，才把训练尚未有素而脸皮犹薄的丈夫拉来，第二次的行动内容是拔了一些黄金葛，并且扛了一张乡下人坐的那种条凳，浩浩荡荡而归。

那种旧式的连绵的木雕有些破裂，我们用强力胶胶好，挂在前廊，又另外花四十元买了在旧料行草丛里翻出来的一块棕色的屋角瓦，也挂在墙上，兴致一时弄得愈来愈高，把别人送的一些极漂亮的装潢参考书都傲气十足地一起推开，那种书看来全是为占地两英亩的房子设计的，跟我们没有关系。我对自己愈来愈有自信了。

我又在邻巷看中了一个陶瓮，想去“骗”来。

我走到那家人门口，向那老太婆买了一盆一百块的植物，她是个“业余园艺家”，常在些破桶烂缸里种些乱七八糟的花草，偶然也有人跟她买，她的要价不便宜，但我毫不犹豫地付了钱，然后假装漫不经心地指着陶瓮说：

“把那个附送给我好不好？”

“哦，从前做酒的，好多年不做了，你要就拿去吧！”

我高兴得快要笑出来，牛刀小试，原来我也如此善诈，她以为我是嫌盆栽的花盆太小，要移植到陶瓮里去。那老太婆向来很计较，如果让她知道我爱上那只陶瓮，她非猛敲一记不可。

陶瓮虽然只有尺许高容量却惊人，过年的时候，我把向推车乡下人买来的大白菜和萝卜全塞进去，隐隐觉得有一种沉坠坠喜孜孜的北方农家地窖子里的年景。

过年的时候存放阳明山橘子的是一口小水缸，那缸也是捡来的，巷子里拆违章建筑的时候，原主人不要的。缸平日放我想看而一时来不及看的报纸。

我们在桶店里买了两个木桶，上面还有竹制的箍子，大的那只装米，小的那只装糖，我用茶褐色把桶子的杉木料涂得旧兮兮的，放在厨房里。

婆婆有一只黑箱子，又老又笨，四面包着铁角，婆婆说要丢掉，我却喜欢它那副笨样子，要来了，当起居室的茶几。箱子里面是一家人的小箱子，我一直迷信着“每个孩子都是伴着一只小箱子长大的”，一只蝉壳，一张蝴蝶书签，一个茧，一块石头，那样琐琐碎碎的一只小盒子的牵挂。然后，人长大了，盒子也大了，一口锅，一根针，一张书桌，一面容过两个人三个人四个人的镜子……有一天才发现箱子大成了房子，男孩女孩大成了男人女人，那个盒子就是家了。

我曾在彰化买过五个磬，由大到小一路排下去，现在也拿来放在书桌上，每次累了，我就依次去敲一下，一时竟有点“古木无人径，深山何处钟”的错觉。

我一直没发现玩房子竟是这么好玩的，不知道别人看来，像不像在办“家家酒”？原来不搞壁纸、不搞地毯也是可以室内设计的。

我第一次一个人到澎湖去的时候，曾惊讶地站在一家小店门口。

“那是什么？”

“鲸鱼的脊骨，另外那个像长刀的是鲸鱼的肋骨。”

“怎么会有鲸鱼的骨头的？”

“有一条鲸鱼，冲到岸上来，不知怎么死了，后来海水冲刷了不知多少年，只剩下白骨了，有人发现，捡了来，放在这里卖，要是刚死的鲸鱼，骨头里全是油，哪里能碰！”

“脊椎骨一截多少钱？”

“大的一截六百。”

我买了个最大的来，那样巨大的脊椎节，分三个方向放射开来，有些生物是死得只剩骨头也还是很尊严高贵的。

我第二次去澎湖的时候，在市场里转来转去，居然看到了一截致密的竹根牛轭，喜欢得不得了，我一向以为只有木料才可以做轭，没想到澎湖的牛拉竹轭。

“你买这个干什么？”

虽然我也跟别人一样付一百八十元，可是老板非常不以为然。我想告诉他，有一本书，叫《圣经》，其中《马太福音》里有一段是这样说的：

你们应当负我的轭，学我的样式。

我又想说：

“负轭犁田的，岂只是牛，我们也得各自负起轭来，低着头，慢慢地走一段艰辛悠长的路。”

但我什么也没有说，只一路接受些并无恶意的怪笑，把那副轭和丈夫两人背回台北来。

对于摆设品，我喜欢诗中“无一字无来历”的办法，也就是说，我喜欢有故事有出身的东西。

而现在，鱼骨在客厅茶几上，像一座有着宗教意味的香炉。轭在高墙上挂着，像一枚“受苦者的图腾”。

床头悬的是一副箩筛，因为孔多，台湾人结婚用它预兆百子千孙，我们当然不想百子千孙，只想两子四孙，所以给筛子找了个“象征意义”，筛子也可以表示“精神绵延”，不过，这些都无关紧要，基本上我是从普通艺术的观点去惊看筛子的美感。筛子里放了两根路过新墨西哥州买的风干红玉米和杂色玉米。两根印第安人种的玉米，怎么会跑到中国人编的箩筛里来？也只能说是缘分吧！人跟物的聚散，或者物跟物的聚散，除了用缘分，你又能用什么解释呢？

除了这些，还有一种东西，我魂思梦想，却弄不到手，那就是石磨。太重了，没有缘，只好算了。

丈夫途经中部乡下买了两把秫秸扫把，算是对此番天翻地覆的整屋事件（作业的确从天花板弄到地板）的唯一贡献。我把它分别钉在墙上，权且当作画。帚加女就是“妇”，想到自己做了半生的执帚人，心里渐渐浮起一段话，托人去问台静农先生可不可以写，台先生也答应了，那段话是这样的：

“杜康以秫造酒，余则制帚（意指‘秫秸扫帚’为‘取秫造酒’后的余物），酒令天下浊，帚令天下清，吾欲倾东海洗乾坤，以天下为一洒扫也。”

我时而对壁发呆，不知怎么搞的，有时竟觉得台先生的书法已经悬在那里了，甚至，连我一直想在卧房门口挂的“有巢”和厨房里挂的“燧人”斗方，也恍惚一并写好悬在那里了——虽然我还迟迟没去拜望书法家。

九月开学，我室内设计的狂热慢慢冷了，但我一直记得，那个暑假我玩房子玩得真愉快。

其实，你跟我都是借道前行的过路人

那天放假，是端午节的假。从前，端午节是不放假的，原因不详。似乎是，从 20 世纪初开始，新派的当权人士就对农历节庆有点仇视。但挨挨蹭蹭混了七十年多，发现老百姓还是爱过老节，终于投了降，把清明、端午、中秋的假一一照放。想来，说不定，有一天连旧历的花朝日或重阳节都放假也未可知。

那一天，因为是第一次得到一个新鲜的端午假日，十分兴奋，于是全家出发，驾上车，浩浩荡荡赴大屯山去赏蝶，以为庆贺。奇怪的是，事近十年，现在回想起来，那蝴蝶漂亮的青翅倒不算印象深刻，使我惊愕难忘的是另一幅景象。

蝴蝶并非不美丽，但它的美对我而言是“意料中事”，并无意外可言。我在导游手册上找到“蝴蝶廊”的名字，就“按图索蝶”前往大屯山一探，果真找到了它们。

但另外的那个景象却是我“碰”上的，导游手册里完全没提到。

那天我从阳投公路左转，往大屯山主峰的方向开去，蝴蝶廊便在大屯山主峰上。天气晴和，它们三三两两在阳光下舒翅，它们的翅膀有如青天一角，又如土耳其蓝玉。看完蝴蝶，我继续前往于右任墓，忽然，毫无防备，它，出现在车前。

它显然极度惊惶，它是一条碧绿色的小蛇。蛇虽然也有嘴脸眼睛，但蛇的表情大约是我们人类读不懂的吧？只是它急恐窜逃的样子我看得懂，它的肢体在痉挛中飞迅蠕动，把那翡翠一般优雅的皮色舞成一片模糊晃动的碎琉璃。

我在它横越马路的地方轻轻刹车，距它大约四米，我停在那里对它说：

“不要怕，我让你，你是行人，你先过。”

窄窄的山路，对它竟是天险难渡。不知是不是因为柏油路面不利于它的蠕动，它看来张皇失措。

“对不起，吓到你了，你的名字是不是叫小青？今天是端午节，你知不知道，今天这日子跟你们蛇族的故事有关呢！”

它战栗，这是它生死攸关、存亡续绝的时刻。

“不要这样，这条路又不是我的，我们两个都只不过是偶然借道前行的过路人罢了！你好好走嘛！这座山与其说属于我的祖先，不如说是属于你的祖先。我打扰了你们的领域，我说道歉都来不及，你又何必吓成这样呢？”

小蛇窜入草丛，转瞬消失。

事情过了快十年了，它那抖动如飞鞭的身形，它那痛苦扭折的S形常在我眼前晃动，我为自己和人类文明加之于它的苦楚而深感苦楚。

不知它如今还活着吗？曾经，某年某月某日某时，我与它，两个同被初夏阳光蛊惑而思有所动的生物，一起借道而行，行经光影灿烂的山路。它是那样碧莹美丽，我不能忘记。

爱一个人，就不免生出共同的、霸占的欲望。想认识他的朋友，想了解他的事业，想知道他的梦。希望共有一张餐桌，愿意同用一双筷子，喜欢轮饮一杯茶，合穿一件衣，并且同衾共枕，奔赴一个命运，共寝一个墓穴。